讲给孩子的
中華文學五千年

古代·中

侯会 著

生活·讀書·新知 三联书店

图书在版编目（CIP）数据

阅读的礼物. 讲给孩子的中华文学五千年. 古代. 中 / 侯会著. -- 北京 : 生活·读书·新知三联书店, 2025. 1. -- ISBN 978-7-108-07908-4

Ⅰ. I109-49

中国国家版本馆CIP数据核字第2024Q2M382号

责任编辑 王海燕 王 丹
装帧设计 赵 欣
责任校对 陈 明
责任印制 卢 岳
出版发行 生活·讀書·新知 三联书店
（北京市东城区美术馆东街 22 号 100010）
网 址 www.sdxjpc.com
经 销 新华书店
印 刷 河北鹏润印刷有限公司
版 次 2025 年 1 月北京第 1 版
2025 年 1 月北京第 1 次印刷
开 本 635 毫米 × 965 毫米 1/16 印张 18
字 数 150 千字 图 114 幅
印 数 0,001－5,000 册
定 价 468.00 元（全十册）
（印装查询：01064002715；邮购查询：01084010542）

目录

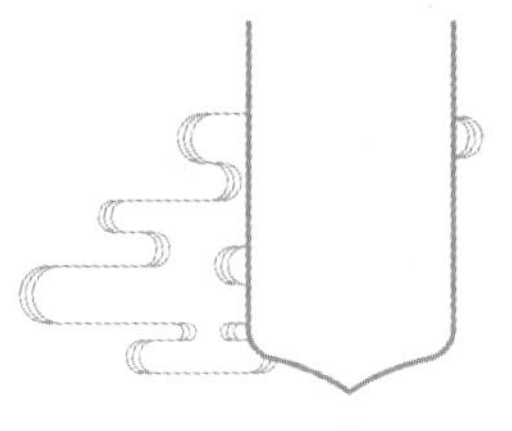

第17天

『初唐四杰』与陈子昂

诗歌迎盛世，文坛分四期

沛沛知道今天开讲唐代文学，早早沏好了茶，还在茶几的玻璃花瓶里插了一枝茉莉花枝，洁白的花骨朵将放未放，茶香里掺着花香。

在花香茶香中，爷爷开始了今天的讲座："唐代是我国历史上空前强盛的王朝，不但经济异常繁荣，文化也无比灿烂。诗歌的发展到了唐朝进入全盛时期，单是著名的诗人，就能数出一大串：李白、杜甫、白居易、孟浩然、王维、刘禹锡、李贺、李商隐、杜牧……这么说吧，清代人编了一部《全唐诗》，共收唐诗四万九千八百多首，作者有两千二百多位！

"唐朝的散文也得到空前发展，同是清人编辑的《全唐文》，收录唐五代文章一万八千四百多篇，作者有三千多位！——这里还没提唐代的传奇小说、变文俗讲和曲子词呢，那同样是很有价值的文学创作。

"人们常把唐代的文学发展分成初、盛、中、晚四个阶段。'初唐'（618—712）是指唐朝立国之初的将近一百年。'盛唐'（713—766）则指唐玄宗登基后的开元、天宝年间，再加上安史

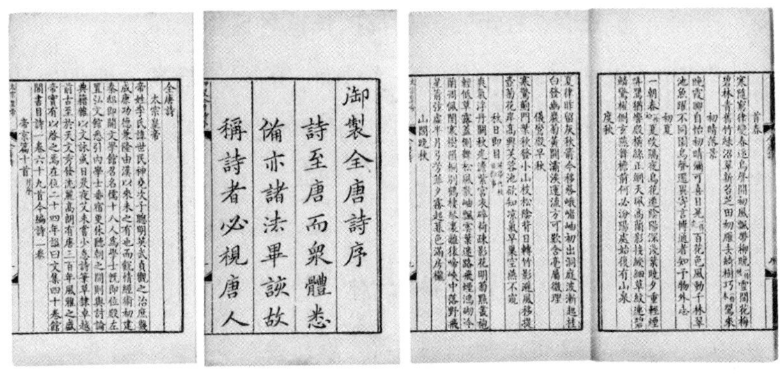
御製全唐詩序

詩至唐而衆體悉備亦諸法畢該故稱詩者必視唐人

《全唐诗》书影

之乱的十年战乱，共五十几年；而唐代的诗歌创作恰在此刻达到巅峰。中唐（767—835）是安史之乱结束后的七十年。晚唐（836—907）则是唐代最后的七十年。

“也有把唐代文学发展分成前后两期的，由盛至衰的转折点，便是公元755年的安史之乱。——安史之乱甚至是整个中国文学的转折点，此前的文学，是诗骚、辞赋的天下；这以后，词曲、戏曲、小说渐渐兴盛，文坛也步入通俗文学的时代。

“今天咱们先来看初唐的诗坛。”

初唐结四友，苏、杜有传人

初唐时，诗坛的情况没比隋代好多少。一来当时的有名诗人还是前朝遗老，深受齐梁诗风的熏染。二来开国之初，统治者也喜欢听歌功颂德的声音。所以一时间，那些奉和、应诏、侍宴的诗充斥诗坛。像虞世南、上官仪，以及号称“文章四友”的崔融、李峤、苏味道、杜审言，也都擅长这种诗体。

“四友”以杜审言（约645—约708）的成就最高。他一生仕途不畅，笔下的诗歌也总带着伤感的情调。像《和晋陵陆丞早春游望》：

独有宦游人，偏惊物候新。
云霞出海曙，梅柳渡江春。
淑气催黄鸟，晴光转绿蘋。
忽闻歌古调，归思欲沾巾。

一个在外做官的人，看到春光明媚，不但没有引起赏春的兴致，反而触动感伤的情怀——因为这里毕竟不是自己的家乡啊！

诗中形象鲜明，格律工整。后人认为五言律诗便是在杜审言这儿初步形成的。

“四友”中的苏味道（648—705）曾在武后朝为官，还当过宰相哩。不过他明哲保身，不肯得罪人。遇事表态，总是模棱两可，人送绰号“苏模棱”。他也有诗才，有一首《正月十五夜》最有名：

火树银花合，星桥铁锁开。
暗尘随马去，明月逐人来。
游伎皆秾李，行歌尽《落梅》。
金吾不禁夜，玉漏莫相催。

开篇用“火树银花”比喻繁盛耀眼的节日灯火，一下子把读者带入一个光明世界。全诗八句，写尽洛阳上元夜灯花竞放、万民同乐的盛况。据说当时有几百人献诗，经评选，苏味道这首一举夺魁，成为吟咏上元佳节的千载绝唱！

巧了，杜审言和苏味道两人的后世子孙更争气：杜审言是大诗人杜甫的祖父，杜甫曾自豪地说：“吾祖诗冠古！”而苏味道的十一世孙，是宋代大文学家苏轼！

沈、宋比肩立，律诗登高台

差不多跟“文章四友”同时的，还有两位宫廷诗人，一位叫沈佺期（约656—716），一位叫宋之问（约656—713），两人在当时名气挺大，号称“沈宋”。

他俩虽然文才不低，却缺少点儿骨气。女皇武则天当政时，他们争着巴结武则天的手下“红人”张易之，所作的诗歌，也都浮华无聊。武则天一死，人们追究武氏余党，这两人也跟着倒了霉，被流放到边地去。环境和地位变了，内心有了真切的感触，他们的诗风，也为之一变。

宋之问的《题大庾岭北驿》就是在流放时作的：

阳月南飞雁，传闻至此回。
我行殊未已，何日复归来？
江静潮初落，林昏瘴不开。
明朝望乡处，应见陇头梅。

这是一首思乡之作，诗中蕴含着深深的悲哀。大庾岭位于江西，岭上盛开着梅花。诗人在流放途中，预想着明日登岭回望故乡，或许能折上一枝梅花，寄给远方的亲人吧。

宋之问的外甥刘希夷（651—约679）也是诗人，曾吟两句诗："年年岁岁花相似，岁岁年年人不同。"宋之问听了，特别喜欢，知道刘希夷还没发表，想要据为己有。刘希夷不肯，宋之问竟将他残忍杀害！人们因此格外鄙夷宋的人格！

再看沈佺期的一首《杂诗》：

闻道黄龙戍，频年不解兵。
可怜闺里月，长在汉家营。
少妇今春意，良人昨夜情。
谁能将旗鼓，一为取龙城。

这首诗写少妇思念远在边关的丈夫，表达了渴望结束战争的心愿。少妇问，哪位将军能带着兵马一鼓作气攻破敌人的龙城巢穴？那样一来，戍边的丈夫就可以归家团聚了。全诗在凄婉哀怨中，又包含着积极的意义。

沈佺期和宋之问还继承、发展了前人关于音韵声律的研究，前面举的两首五律诗，都写得声调谐美，对偶整齐，律诗在他们手中真正定了型。难怪当时流传着"苏、李居前，沈、宋比肩"的顺口溜。——苏、李是指苏武、李陵，前面说过，他们所吟咏的五言诗，被后人视为文人五言诗的楷模；而沈、宋的贡献，足以跟他俩相提并论。

王勃名动滕王阁

前面这几位，都是宫廷诗人。在草野间，就没有诗人了吗？有，王绩就是一位。王绩（约589—644）在隋末唐初也做过官，可他喜欢喝几杯酒，又不愿受官身的拘束，所以终于弃官还乡，隐居在东皋，自号东皋子。他最佩服阮籍和陶渊明，诗歌也多写田园山水的美好、隐居饮酒的乐趣，意境高远，朴素清新。如《野望》诗中“树树皆秋色，山山唯落晖”一联，就像是一幅画。

王绩的家庭有很高的文化素养。他的哥哥王通在隋朝是著名学者，他的侄孙王勃更有名气，是著名的“初唐四杰”之一。——四杰中的另三位是杨炯、卢照邻和骆宾王，他们同样不满齐梁风气，用自己的诗歌创作，向旧的诗风发起了挑战。

王勃

王勃（649或650—676）才华早露，自幼被誉为“神童”，还没成年，就被推荐做了官。有一回，几位王爷在沛王府里斗鸡取乐，王勃开玩笑，写了一篇斗鸡檄文。唐高宗知道了很生气，认为王勃引诱王爷走邪道，便把他赶出王府。在后来的一次贬官中，连他的爹爹也受到了牵连，被贬到遥远的交趾去，也就是今天的越南。王勃前往交趾省亲，渡海时不慎落水，惊吓而亡，据说当时只有二十八岁。

王勃的诗留下的不多，却有着自己的风格。最有名的是那首《送杜少府之任蜀州》：

城阙辅三秦，风烟望五津。
与君离别意，同是宦游人。
海内存知己，天涯若比邻。
无为在歧路，儿女共沾巾。

诗人在三秦拱卫的长安城为朋友饯行，隔着千里风烟，遥想蜀中山川，感慨万分——那是朋友将要赴任的地方。诗中用友谊的誓言代替了儿女情长的缠绵诉说，表现了大丈夫的胸怀。“海内存知己，天涯若比邻”成了千古传诵的警句。

那首五言绝句《山中》也脍炙人口：

长江悲已滞，万里念将归。
况属高风晚，山山黄叶飞。

你开卷一读，顿觉一种悲凉浑壮之气扑面而来，难怪后人称赞“自是唐人开山祖”。

王勃还有一篇非常著名的骈文《滕王阁序》。提起这篇文章，还有个生动的传说。据说阎伯屿做洪州牧时，重修滕王阁，并打算在落成仪式上让自己的女婿露一手，写一篇文章来记录盛典。

到了这天，阎公拿着纸笔向大家虚让一番，正要叫女婿一展才华，不想坐在末位的一个小伙子竟毫不客气地接过纸笔——此人就是王勃，这时正要到南方探亲，路过这里。阎公很不高兴，一甩袖子进了里间，却派人暗中刺探，随时报告王勃写作的情况。

王勃落笔写道："豫章故郡，洪都新府。"阎公听了说：这不过是老生常谈罢了。接下去是："星分翼轸（zhěn），地接衡庐。"这说的是南昌的天文与地理；阎公听了，沉吟着没说话。待写到"落霞与孤鹜（wù）齐飞，秋水共长天一色"两句，阎公站起身惊呼：真乃天下奇才！连忙命人把王勃让到上位，大家举酒痛饮，尽欢而散。——有人说，这一年王勃还不到二十岁！

滕王阁

这篇序言用骈体写成，是典型的四六文。文句讲求对仗，音调谐美。序中警句还有“物华天宝，龙光射牛斗之墟，人杰地灵，徐孺下陈蕃之榻”“十旬休假，胜友如云，千里逢迎，高朋满座”“腾蛟起凤，孟学士之词宗，紫电清霜，王将军之武库”……读起来有一种音乐美。

传说王勃前一天还在距洪州六七百里的马当那地方，夜梦神人要他赶往洪州赴会，并答应助他风帆之力。果然一夜顺风，王勃赶上了滕王阁的盛会。明代话本小说集《醒世恒言》中有一篇《马当神风送滕王阁》，讲的就是这个故事——当然是神话啦。

又传说王勃写文章有个习惯，先研几升墨汁，然后躺在床上，用被盖着脸。不一会儿翻身跃起，提笔就写，一字不改，已是一篇漂亮文章！人们都说王勃能打“腹稿”。

宁为百夫长，胜作一书生

初唐四杰之一的卢照邻（约637—约686），一生官场失意，晚年又患了重病，在愁苦中度过余生。他的诗歌创作，以七言歌行最擅长，看看这篇《长安古意》：

长安大道连狭斜，青牛白马七香车。
玉辇纵横过主第，金鞭络绎向侯家。
龙衔宝盖承朝日，凤吐流苏带晚霞。
百丈游丝争绕树，一群娇鸟共啼花。
…………

长安城内的贵族们锦衣玉食、醉生梦死，可一旦末日到来，“昔时金阶白玉堂，即今唯见青松在”；一切都化为乌有。而诗人自己呢？“寂寂寥寥扬子居，年年岁岁一床书。独有南山桂花发，飞来飞去袭人裾（jū）。”——诗人毫不羡慕世上的荣华富贵，他从读书中获得无限乐趣。

卢照邻

四杰中的另一位杨炯（650—约693），边塞诗写得格外好，像这首《从军行》：

烽火照西京，心中自不平。
牙璋辞凤阙，铁骑绕龙城。
雪暗凋旗画，风多杂鼓声。
宁为百夫长，胜作一书生。

边庭烽火照亮长安，勇士为国效命的时刻到了！他们接受王命，迎着风雪奔赴沙场，义无反顾！——诗中情调慷慨激昂，写出士人渴望建功立业、不愿老死书斋的志向。

杨炯

杨炯恃才傲物，曾把朝廷大官称作“麒麟楦（xuàn）”。“楦”有内瓤儿的意思。他说，你没看见街头耍麒麟的吗？外表看，披着麒麟皮，好不威风，里面其实是头驴！——那些穿着朱紫官服的无德蠢材，跟驴又有啥两样？

指斥女皇的骆宾王

四杰中的骆宾王（约638—684后）也是位才子，七岁能诗，然而一生坎坷。他曾因事下狱，作过一首《在狱咏蝉》：

西陆蝉声唱，南冠客思侵。
那堪玄鬓影，来对白头吟。
露重飞难进，风多响易沉。
无人信高洁，谁为表余心。

“西陆”是秋天的别称，“南冠”意为囚徒。身系冤狱的诗人以蝉自比，用“露重”和“风多”隐喻恶势力的压迫。诗人哀叹没人理解自己的“高洁”，悲伤中含着怨恨不平。

后来有个叫徐敬业的大臣，起兵讨伐武则天，骆宾王参加了他的幕府。他替徐敬业草拟了一篇著名骈文《为徐敬业讨武曌（zhào）檄》（武曌就是女皇武则天），檄文中罗列武则天的罪状，痛斥她“包藏祸心，窥窃神器”，企图篡夺李家天下。又把徐敬业的军势大大夸张了一番，说是“喑呜则山岳崩颓，叱咤则风云变色”！

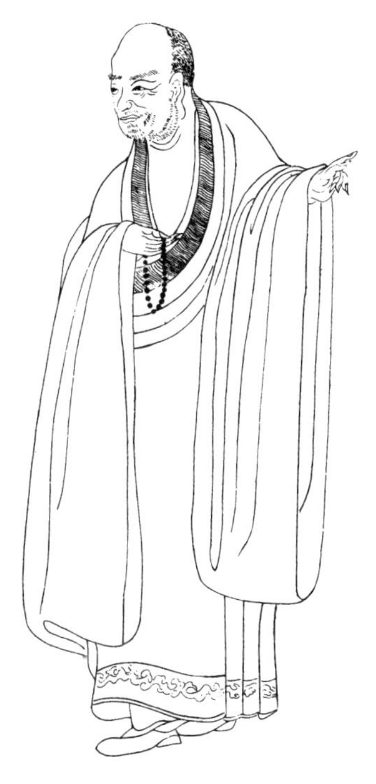
骆宾王

文中还号召李唐旧臣响应义军，共图大业，并拿君臣大义激励他们说：“一抔（póu）之土未干，六尺之孤何托？”（一抔就是一捧，一抔之土指的是先帝的坟土，也就是说：先帝的坟土还没干，幼小的孤君又托付给谁？）据说武则天读到这两句时，大为震动，问宰相：这是谁写的？回答说骆宾王。武则天质问说：做宰相的失掉这样的人才，该当何罪？

就在这一年，徐敬业兵败，骆宾王也不知所终。有人说他隐居杭州灵隐寺，当了和尚。又说有个书生在寺中夜吟，只念出“鹫岭郁岧峣，龙宫锁寂寥”两句，就接不下去了。一老僧听了，随口道："楼观沧海日，门对浙江潮！"——这老僧据说就是骆宾王！

"初唐四杰"跟"文章四友"及"沈宋"几乎同时，可他们走的却是完全不同的文学之路。"四杰"的地位虽然不高，却都不满齐梁诗风对初唐诗坛的垄断，用才华横溢的创作，开启了唐诗的新风尚。后来杜甫写诗赞扬他们说：

王杨卢骆当时体，轻薄为文哂未休。
尔曹身与名俱灭，不废江河万古流！

当时的人看不上"四杰"的诗，认为他们的诗文"轻薄"，对他们讥笑讽刺，没完没了。杜甫则批评这些人说：你们这些人能在历史上留下些什么？人家"四杰"的诗文，必将像长江大河那样，万古流淌呢！

力倡"风骨"的陈子昂

并非所有初唐诗人都热衷于宫体诗，有位诗人就明确提出诗歌革新的主张，他就是陈子昂。

陈子昂（659—700）痛恨齐梁风气，赞扬"汉魏风骨"，也就是建安诗风。他在《修竹篇序》里感叹说："文章道弊，五百年矣！"认为"汉魏风骨，晋宋莫传"（汉魏时慷慨多气的诗风，未被晋宋继承）；而齐梁诗歌"彩丽竞繁，而兴寄都绝"（辞采竞相华丽，却没有一点儿意义）。他借着对诗人东方虬

（qiú）的赞扬，表达了对建安、正始诗风的仰慕，说：“不图正始之音，复睹于兹；可使建安作者，相视而笑。”（不图：没想到。兹：此。）这篇短文如同一篇诗歌革命的宣言，标志着唐代诗风的革新与转变。

陈子昂很会“推销”自己，他两次进京赴试，都名落孙山。后来，他特意花百万重金，买下一把胡琴，然后大宴宾客，声称要跟客人共同欣赏名琴。等人到齐了，他捧出琴来感叹说：我是蜀人陈子昂，有诗文百轴，不为人知。我手里拿的，不过是乐工玩弄的贱器，哪里值得各位追捧呢？说罢举起贵重的胡琴，向台阶上摔得粉碎，接着把自己的诗文发给在座各位。有位名家看了大惊，说：“此人必为海内文宗矣！”（文宗：文坛宗主。）——陈子昂的名字，一天之内传遍京师！

幽州台又名蓟北楼，据考应在北京“燕京八景”之一的“蓟门烟树”附近

陈子昂热心国事，做官时常常上书朝廷，纵论天下事。可是他的热情只换来排斥和打击，他受到武氏家族的迫害，最终死在牢狱里。

陈子昂有一首《登幽州台歌》，为人熟知：

前不见古人，后不见来者。

念天地之悠悠，独怆然而涕下。

诗人独自登上幽州台，但见四野茫茫，渺无人迹。诗人从空间的虚幻，又联想到时间的渺茫：古人已不可追，来者又不可见。在悠悠天地和漫漫历史之间，仿佛只剩下诗人孤零零一个。这是多么深邃的寂寞和孤独！

如此有震撼力的诗歌，是齐梁二百年来所没有的，它的余音深沉悠远，在后世诗坛上引发长久的共鸣！

古体近体，百花齐放

沛沛见爷爷站起身，赶紧问："爷爷，我听说旧体诗有古体、近体之分，又是怎么回事？"

爷爷又坐回藤椅，说："这个确实应该说一说。古体、近体是相对而言的。古体诗指的是近体诗形成之前、《楚辞》以外的各种诗歌体裁，也称古诗、古风。古体诗的特点是不大讲求格律，例如不拘泥对仗、平仄，用韵也比较宽松；有四言、五言、七言、杂言等体，其中以五言、七言居多，简称'五古''七古'。——《诗经》的四言体，乐府的五言、七言体，全都属于古体诗的范畴。"

沛沛问："近体诗又是怎么回事？"

爷爷说："近体诗的形成，始于南朝，定型于唐代，又叫今体诗；是一种讲求格律的诗体，对诗歌的字数、句数、平仄、对仗以及押韵等，都有严格的规定。近体诗又分为绝句、律诗两大类。绝句每首四句，以五言、七言为主，简称‘五绝’‘七绝’。律诗每首八句，两句一联，依次是‘首联’‘颔联’‘颈联’和‘尾联’；中间两联要求对仗。律诗也以五言、七言为主，简称‘五律’‘七律’。——不过也都有例外，如绝句偶有六言的；律诗也有六句或十句以上的，后者称‘排律’或‘长律’。”

沛沛想了想说：“今大您讲到王勃的‘长江悲已滞’、杜甫的‘王杨卢骆当时体’，应该就是‘五绝’和‘七绝’的例子吧？而沈佺期的‘闻道黄龙戍’和骆宾王的‘西陆蝉声唱’，应该是‘五律’的代表喽？”

爷爷说：“没错。‘七律’是在杜甫手中登峰造极的，咱们后面还要细讲。不过要强调一句：近体诗从唐代开始成为常用诗体，古体诗也并未因此销声匿迹。历代许多大诗人都是两体兼擅，诗歌的花园也因百花齐放而变得更加灿烂！”

第18天

盛唐田园诗与边塞诗

镜湖归隐，曲径通幽

“唐玄宗开元、天宝年间，社会繁荣达到了高峰。那会儿一斗大米只卖到十三文钱，一斗谷子只要五文！官仓粮食多得盛不下，烂掉了也没人可惜。”

听爷爷提到唐玄宗，沛沛知道今天要介绍盛唐诗坛。他问：“‘安史之乱’就在这时发生的吧？”

爷爷说：“可不是！公元755年，边将安禄山、史思明造反，杀到长安，大唐由全盛时期一下子被推到亡国的悬崖边儿上。就在这大起大落的当口，诗坛上出现了一大批杰出的诗人。其中最有名的，自然要数李白和杜甫啦。这二位，咱们明后天专门来谈。今天先说说另外几位。

贺知章

“贺知章（659—约744）在盛唐诗人中出名最早。他在武则天时期中过状元，当过太常博士、礼部侍郎，还做过太子的老师。他的两首绝句至今脍炙人口：

碧玉妆成一树高，万条垂下绿丝绦。
不知细叶谁裁出，二月春风似剪刀。
（《咏柳》）

少小离家老大回，乡音无改鬓毛衰。
儿童相见不相识，笑问客从何处来。
（《回乡偶书》）

“前一首咏柳，‘碧玉’原是古代美女的名字，同时又可以用来形容柳色。诗人还展开想象，说那细碎的柳叶，该不是春风这把‘剪刀’裁出来的吧？这个比喻，真是既新鲜又形象！

“后一首写多年在外的游子回乡时的情景：乡音如故，容颜已老，孩子们见了不认识，反而把昔日的主人当作他乡来客对待，令人唏嘘！——贺知章是当时文学界的权威，自号‘四明狂客’。大诗人李白还受过他的提携哩。其他盛唐诗人，可以说都是贺知章的晚辈。贺知章晚年辞官，玄宗亲自写诗赠他，还把绍兴镜湖的一个水湾赐他养老，这真是莫大的荣誉！

“跟贺知章齐名的，还有吴越文士张若虚（约670—约730）。虽说他只留下两首诗，其中一首《春江花月夜》却大大有名！

春江潮水连海平，海上明月共潮生。
滟滟随波千万里，何处春江无月明？

江流宛转绕芳甸，月照花林皆似霰；
空里流霜不觉飞，汀上白沙看不见。……

'春江花月夜'原是六朝乐府旧题，诗人紧扣诗题，写春夜月光照耀下的春花春水，又因景生情，由情入理，引发一连串人生叩问：'江畔何人初见月？江月何年初照人？''人生代代无穷已，江月年年望相似……'

"诗人又联想到江上的游子、月下的思妇，思绪时放时收，千回百转，却始终不离春花、江月及月光照耀下的人。全诗三十六句二百五十二字，以'不知乘月几人归，落月摇情满江树'作结，余音袅袅，读罢让人沉吟良久，回不过神来。

"下面讲到的两位，都比贺知章小三四十岁，不过他们的诗我们并不陌生。先来看常建（约708—约765）的《题破山寺后禅院》：

曲径通幽处

清晨入古寺，初日照高林。
曲径通幽处，禅房花木深。
山光悦鸟性，潭影空人心。
万籁此俱寂，但余钟磬音。

诗人把古寺中极为幽静的气氛描摹得很成功，使人读了如临其境，俗虑顿消。'曲径通幽处，禅房花木深'一联尤其为人称道。

"另一首是祖咏（699—约

746）的《终南望余雪》：

终南阴岭秀，积雪浮云端。
林表明霁色，城中增暮寒。

诗不但写出目中所见，连积雪带来的余寒也让人感受到了。相传这是祖咏参加科举考试时作的，本应是六韵十二句，他只写了这四句。考官问他，他回答说：意思都说尽了。”

田园诗人孟浩然

这一时期的诗人可以分“山水田园诗人”和“边塞诗人”两大派。显而易见，常建、祖咏都属于山水田园这一派。不过这两派的顶尖人物，还要数孟浩然、王维、高适、岑参等几位。

刨起根儿来，山水田园诗的远祖是谢灵运和陶渊明，近代的王绩也属于这一派。可是直至盛唐的孟浩然和王维，这一派才真正成了气候。

孟浩然（689—740）生长在太平盛世，前半辈子一直在家闭门读书，浇浇菜、种种竹子什么的。四十岁时，才想着到长安去谋

孟浩然

个官职。诗人王维很喜欢孟浩然的诗，常常念着他的“微云淡河汉，疏雨滴梧桐”，敲着桌子点头不已。

据说有一回孟浩然到王维住处谈诗，可巧唐玄宗驾到，孟浩然回避不及，只好钻到床下。时间久了，王维看玄宗没有走的意思，只好让孟浩然出来。玄宗也久闻孟浩然的诗名，要他当场作诗。他并不推辞，当场吟诗一首，其中有“不才明主弃，多病故人疏”（由于才学不高，被皇帝抛弃；又因多病，朋友也都疏远了）两句。玄宗听了皱起眉头说：我何曾抛弃您呀？是您自己不进取啊！——就这样，孟浩然错过了当官的机会。

不当官有不当官的好处，孟浩然仍旧回到乡下，享受着田园生活的乐趣。听听这首《过故人庄》：

故人具鸡黍，邀我至田家。
绿树村边合，青山郭外斜。
开轩面场圃，把酒话桑麻。
待到重阳日，还来就菊花。

诗人应邀到农家做客，杀一只鸡，蒸一瓯黄米饭，端着酒杯谈着农桑的闲话。绿树和青山环抱着宁静的村落，一切都是那么自然淳朴。朋友的情谊就浸透在这亲切质朴的气氛里。

另一首《夏日南亭怀辛大》，应该是写给朋友的：

山光忽西落，池月渐东上。
散发乘夕凉，开轩卧闲敞。

荷风送香气，竹露滴清响。
欲取鸣琴弹，恨无知音赏。
感此怀故人，中宵劳梦想。

清朗的月光下，晚风送来阵阵荷香，竹露滴落的清响，反衬着夏日黄昏的静谧……披散着头发闲卧在窗前，多想弹奏一曲，可惜故友远离，也只有在梦中相聚罢了。——诗人希望与朋友同赏的，不只是琴音，更是那清高自赏的心曲吧？

不过孟浩然还有另一种风格的诗，看这首《临洞庭》：

八月湖水平，涵虚混太清。
气蒸云梦泽，波撼岳阳城。
欲济无舟楫，端居耻圣明。
坐观垂钓者，徒有羡鱼情。

诗的后一半儿，大概含有别的什么意思；可前一半儿，却纯粹是写山水，写出洞庭湖包容天地、波撼古城的雄浑气势！

再举一首五言绝句《春晓》，虽只有短短四句，在中国却是家喻户晓的：

春眠不觉晓，处处闻啼鸟。
夜来风雨声，花落知多少？

诗里没有一句正面描写，却通过人的种种感受，把春天写得那么动人。

孟浩然、贺知章、张若虚等人去世较早，侥幸躲过了战乱的蹂躏；另一位盛唐诗人王维却没这么幸运，安史之乱几乎给他带来灭顶之灾！

以诗自救的王右丞

王维（701—761）是山西太原人（一说今山西祁县），出身官宦人家。他自幼聪明，九岁就开始写诗，十五岁时已下笔有神。老天仿佛格外眷顾这个年轻人，他仪容俊美，风度翩翩，多才多艺，擅长绘画，还弹得一手好琴。

相传有一回见人家墙上挂着一张《按乐图》，他端详片刻，说画中的乐队正在演奏《霓裳羽衣曲》第三叠第一拍呢。主人不信，马上召集乐队演奏，演到这一拍喊一声“停”，只见众乐工的手势姿态，竟跟画上完全一致！

王维塑像

二十岁左右，王维来到京城，立刻成了贵族名流圈子里的宠儿。一位有权势的公主尤其欣赏他，四处替他宣扬。不久他参加科举考试，一举登第——在所有进士中，他是最年轻的一位！

他的头一个官职是太乐

丞，恰便是掌管宫廷音乐的官职。以后他还担任过监察御史、太子中允、尚书右丞——人们又称他“王右丞”。

王维平静安稳的仕宦生活，被一场飞来横祸打断了。安禄山攻入两京时，他没能逃掉，被叛军抓住，被迫做了伪官。——这可是背叛朝廷的重罪，战乱平息后，照例是要杀头的！然而是一首诗救了他。

原来，他被俘后关在洛阳菩提寺内。一天夜里，远处传来乐声，那是安禄山在皇宫的凝碧池大摆筵席呢。王维心中感伤，题诗一首：

万户伤心生野烟，百官何日更朝天？
秋槐叶落空宫里，凝碧池头奏管弦。

后来皇上读了这诗，原谅他身不由己，加上他的弟弟也出面为哥哥做担保，皇上赦免了他，让他继续做官。他本来就信佛，相传母亲生他时，梦见了佛教的维摩诘菩萨，于是便用“维”和“摩诘”做了他的名和字。经过这次事变，他更是整天烧香诵经，直至去世。——王维还有个“诗佛”的别号，便是因此得来的。

“诗中有画，画中有诗”

王维对山水风光有着一种不同寻常的领悟力。且看这首《汉江临眺》，写泛览汉江所见：

楚塞三湘接，荆门九派通。
江流天地外，山色有无中。
郡邑浮前浦，波澜动远空。
襄阳好风日，留醉与山翁。

汉江即汉水，源于陕西，经荆门流入长江。“三湘”“九派”全是与汉水、长江相连的河流——诗的首联只用十个字，便把汉水这条三千里长川的地理形势概括出来，让人领略了什么是“大手笔”！

诗的颈联写得格外出色，江流连天接地，山色似有还无。水势的盛大和山峦的遥远，都毫不费力地写出，又自然又流畅。

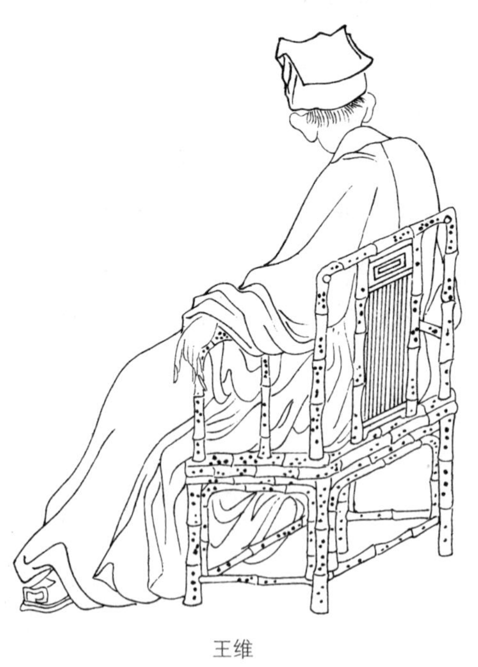

王维

在另一首《终南山》中，王维还写下“白云回望合，青霭入看无”（远看云遮雾障，近看雾霭皆无），“分野中峰变，阴晴众壑殊”（终南山连绵广大，各山之间阴晴不同）等句子，都是诗人徘徊山水之间的亲身感受！

王维也写田家

生活，如《辋川闲居赠裴秀才迪》：

寒山转苍翠，秋水日潺湲（chányuán）。
倚杖柴门外，临风听暮蝉。
渡头余落日，墟里上孤烟。
复值接舆醉，狂歌五柳前。

赏玩着大自然的美景，跟狂放的朋友饮酒高歌，这种士大夫的闲散生活，自有一种乐趣在。“接舆”是春秋时楚国一位狂放的隐士，“五柳”是陶渊明。——从中还可看出王维对林下生活的追慕。

诗题中的“辋川”原是宋之问的辋川别墅，王维四十岁以后一直住在这里，他的隐居生活是贵族式的。

还有一首《山居秋暝》，写的也是归隐生活的小景：

空山新雨后，天气晚来秋。
明月松间照，清泉石上流。
竹喧归浣女，莲动下渔舟。
随意春芳歇，王孙自可留。

诗中写山居秋景，极为清新。挥洒的月光、流动的泉水、隔竹喧笑的少女、将要划出莲浦的渔舟，给这幅幽美的图画带来勃勃生机。

这类诗还有不少，再看两首人们熟悉的：

空山不见人，但闻人语响。
返景入深林，复照青苔上。
（《鹿柴》）

人闲桂花落，夜静春山空。
月出惊山鸟，时鸣春涧中。
（《鸟鸣涧》）

前一首中的“人语”，后一首中的“鸟鸣”，恰恰反衬出环境的幽静。那透过密叶照在青苔上的夕照，该有多美！而夜半惊起山鸟的月光，肯定也分外皎洁。——诗中不但有声有色，还有气味呢。当你读《鸟鸣涧》时，是否嗅到空气中弥漫的桂花的甜香？

王维还是丹青高手，他自称“当世谬词客，前身应画师”。苏东坡评价说：“味（玩味）摩诘之诗，诗中有画；观摩诘之画，画中有诗。”他的山水诗，就是一幅幅山水画啊！

登高思兄弟，观猎随将军

别以为王维的诗都是那样悠然、淡远、含着禅思，其中也有很动感情的。像这首《相思》：

红豆生南国，春来发几枝。
劝君多采撷，此物最相思。

又如《九月九日忆山东兄弟》：

独在异乡为异客，每逢佳节倍思亲。
遥知兄弟登高处，遍插茱萸少一人。

这两首诗完全用白描的手法写出，纯以感情打动人。后一首从异乡作客的自己和远方登高的兄弟两方面写手足亲情，思路尤为独特。“每逢佳节倍思亲”也成为吟咏亲情的千古名句——写这首诗时，王维只有十七岁，相当于今天的高中生。

再看一首《送元二使安西》：

渭城朝雨浥轻尘，客舍青青柳色新。
劝君更尽一杯酒，西出阳关无故人。

此诗的妙处，是营造出一种意境和气氛，好像在这离别之际，渭城的朝雨、轻尘、客舍、杨柳也都含着淡淡哀愁似的。后两句想象朋友出关后的孤独寂寞，更显出友谊的可贵和离别的感伤。——后人把这首诗谱成曲子，叫《阳关三叠》，哀婉凄凉，一唱三叹，很能打动人。

有人说，这首《送元二使安西》已有边塞诗的味道了。不错，王维的边塞诗也很出色。有一首《观猎》这样写道：

风劲角弓鸣，将军猎渭城。
草枯鹰眼疾，雪尽马蹄轻。

忽过新丰市，还归细柳营。
回看射雕处，千里暮云平。

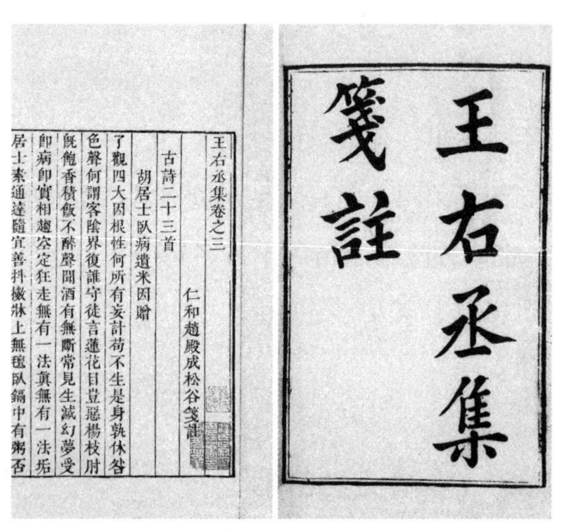

王右丞集箋註

王右丞集卷之三
仁和趙殿成松谷箋註
古詩二十三首
胡居士臥病遺米因贈
了觀四大因根性何所有妄計苟不生是身孰休咎
色聲何謂客陰界復誰守徒言蓮花目豈惡楊枝肘
旣飽香積飯不醉聲聞酒有無斷常見生滅幻夢受
卽病卽實相趨空定狂走無有一法眞無有一法垢
居士素通達隨宜善抖擻牀上無氈臥鎬中有粥否

《王右丞集》书影

诗中写将军射猎，语句简练，场面开阔。“草枯鹰眼疾，雪尽马蹄轻”一联，如同迅疾生动的电影镜头，而“细柳营”曾是汉代名将周亚夫的驻地，这里暗含着对狩猎将军的赞美，却又不露痕迹。诗的尾联“回看射雕处，千里暮云平”，含着辽远之思。——很难想象这支笔还曾写过“竹喧归浣女，莲动下渔舟”那样轻灵柔美的诗句！

王维的边塞诗还有不少名句，像“大漠孤烟直，长河落日圆”（《使至塞上》），写大漠景象，还没谁能超越！

边塞多佳作，美女最知音

有几位较早的边塞诗人恰巧都姓王：王翰、王昌龄、王之涣。王翰（687—726）的《凉州词》几乎人人会背：

葡萄美酒夜光杯，欲饮琵琶马上催。
醉卧沙场君莫笑，古来征战几人回？

将士临上阵时痛饮美酒，想来是借酒浇愁吧，调子有点儿低沉。可也有人认为，诗人在热烈的琵琶声中饮着美酒，并没有把死看在眼里，情绪是乐观的；这正是盛唐诗人的风度气概！

王昌龄（？—756）擅长写绝句，有“七绝圣手”的美誉。他的边塞诗也多采用七绝形式，看这两首：

秦时明月汉时关，万里长征人未还。
但使龙城飞将在，不教胡马度阴山。
（《出塞》）

琵琶起舞换新声，总是关山旧别情。
撩乱边愁听不尽，高高秋月照长城。
（《从军行》）

两首诗写出边塞将士的心声，他们厌倦无休止的战争，期待有名将出现，有效地制止敌人的侵扰。可现实又怎么样？一片秋月照着长城，这画面显得那么冷漠无情！

王昌龄还有一首著名的绝句《芙蓉楼送辛渐》：

寒雨连江夜入吴，平明送客楚山孤。
洛阳亲友如相问，一片冰心在玉壶。

品格、操守是抽象的事物，而诗人的比喻却用得那么形象、贴切。“一片冰心在玉壶”，以此来表示晶莹透明、洁净无瑕的心灵，你实在找不出比这更美的比喻来！

王之涣（688—742）留下的诗不多，流传却最广。有一首《登鹳（guàn）雀楼》，可谓家喻户晓：

白日依山尽，黄河入海流。
欲穷千里目，更上一层楼。

诗句非常平易，却含着生活的哲理。他的另一首绝句，是边塞诗中的代表作：

黄河远上白云间，一片孤城万仞山。
羌笛何须怨杨柳，春风不度玉门关。

诗中写黄河，写孤城，写万仞高山，意境开阔而又苍凉；其实中心是写人的哀怨情绪。——这首诗叫《凉州词》，在王之涣活着的时候，已被谱成乐曲，广为传唱了。

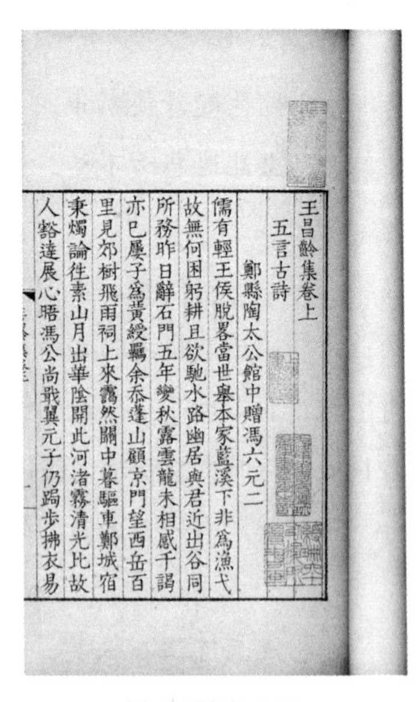
王昌齡集卷上
五言古詩
鄭縣陶太公館中贈馮六元二
儒有輕王侯脫畧當世務本家藍溪下非爲漁弋
故無何困躬耕且欲馳水路幽居與君近出谷同
所務昨日辭石門五年變秋露雲龍未相感千謁
亦已屢子爲黃綬羈余忝蓬山顧京門望西岳百
里見郊樹飛雨祠上來靄然關中暮驅車鄭城宿
秉燭論往素山月出華陰開此河渚霧清光比故
人豁達展心晤馮公尚戢翼元子仍跼步拂衣易

《王昌龄集》书影

相传王之涣与王昌龄、高

适三人同到酒楼饮酒听歌。王昌龄和高适的诗都有歌女唱了，唯独王之涣的没人唱。王之涣指着歌女中长得最漂亮的那位悄悄说：她一定会唱我的诗！果然，那歌女一开口便唱道："黄河远上白云间……"三人都大笑起来。

高适：边塞烟尘入诗篇

不过边塞诗写得最好的，还要推高适、岑参。高适（约700—765）年轻时穷困潦倒，求官不成，到处流浪。可是他志向不衰，对逆境满不在乎。据说他五十岁才专注于作诗，但格调高、进步快，短短几年就超越了众人！

安史之乱使高适得到一展才能的机会，他在抗击叛军的战争中官职累进，一直做到剑南节度使，是盛唐诗人中官做得比较大的。

高适曾两度出塞，对军旅生活非常熟悉。他的《燕歌行》是公认的边塞诗名篇：

汉家烟尘在东北，汉将辞家破残贼。

男儿本自重横行，天子非常赐颜色。……

高适

诗中从男儿慷慨从军，写到战斗的艰苦以及军中的苦乐不均，又由久戍不归的征夫写到日夜悬望的妻子。“战士军前半死生，美人帐下犹歌舞”，“少妇城南欲断肠，征人蓟北空回首”，都是形象鲜明的对比。《燕歌行》是对战争的全面描绘，情调时而高昂，时而低沉，气氛悲壮淋漓，既表现了对士兵的同情，也讽刺了荒淫无能的将军，可以说是唐代边塞诗的杰作。

诗风的慷慨豪健，一半也来自诗人的豪迈性格。有一首《别董大》，是诗人为一位董姓琴师送行而作：

千里黄云白日曛，北风吹雁雪纷纷。
莫愁前路无知己，天下谁人不识君！

日色曛黄、北风吹雪，自然环境的恶劣，预示着前景的暗淡。可诗人却豪迈而自信地鼓励朋友：“莫愁前路无知己，天下谁人不识君！”——把这两句跟王维的“劝君更尽一杯酒，西出阳关无故人”放到一块儿，你会发现两种完全不同的性格和心态！

岑参领我们到轮台

另一位写边塞诗的大家是岑参（约715—770），他于天宝年间登进士第，名位仅次于状元。他一生两度随军出塞，几乎算得上半个西域人了。他对边塞的风土人情、自然景观、军旅生活都太熟悉了，他的诗也染上了独特的异域色彩。

看看这首《走马川行奉送出师西征》，诗中描绘了大军冒寒夜行的情景：

君不见走马川行雪海边，平沙莽莽黄入天。

轮台九月风夜吼，一川碎石大如斗，随风满地石乱走。……

将军金甲夜不脱，半夜军行戈相拨，风头如刀面如割。

马毛带雪汗气蒸，五花连钱旋作冰，幕中草檄砚水凝。……

这样雄浑奇绝的场面，是内地书斋里的诗人做梦也想象不出来的。另一首《轮台歌奉送封大夫出师西征》写白昼行军，气势更大：

……上将拥旄西出征，平明吹笛大军行。

四边伐鼓雪海涌，三军大呼阴山动。……

军乐高奏，万众齐呼，从诗里我们体会到压倒一切的宏大气势！战斗还没打响，胜负已见分明。岑参最著名的诗还是那篇《白雪歌送武判官归京》：

北风卷地白草折，胡天八月即飞雪。
忽如一夜春风来，千树万树梨花开。
散入珠帘湿罗幕，狐裘不暖锦衾薄。
将军角弓不得控，都护铁衣冷难着。
瀚海阑干百丈冰，愁云惨淡万里凝。

中军置酒饮归客，胡琴琵琶与羌笛。
纷纷暮雪下辕门，风掣红旗冻不翻。
轮台东门送君去，去时雪满天山路。
山回路转不见君，雪上空留马行处。

天寒地冻，大雪纷飞，自然环境是那么严酷。可诗人偏偏从中看出美来。“忽如一夜春风来，千树万树梨花开”，这是多么奇特的想象，以致人们以后一提到岑参，马上就会联想到这个著名的比喻。诗的结尾四句满含深情，在一片冰天雪地里，显出人情的温暖来。

诗人丰富的感情还表现在一些小诗里，如《逢入京使》：

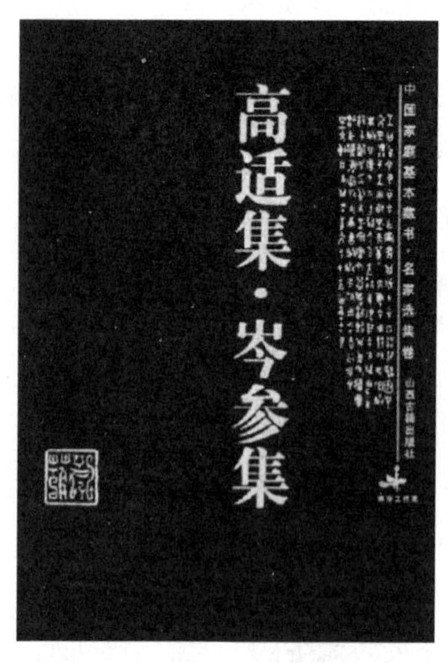

高适、岑参都是写边塞诗的大师，人们常把他俩的诗编为一册

故园东望路漫漫，双袖龙钟泪不干。
马上相逢无纸笔，凭君传语报平安。

路上碰见回京的人，一时找不到可以写信的纸笔，只好请他给亲人带个平安口信。——多么平常，多么简单，可一片思乡之情却那么浓烈，那么动人。文学的魅力，大都是从平凡中显示出来的。

崔颢：李白也佩服的诗人

沛沛忽然想起什么，问爷爷："刚才说到的王维、王翰、王昌龄、王之涣都姓王，我记得还有一位王湾，也是唐代的诗人吗？"

爷爷说："不错，王湾是玄宗朝的进士，当过几任小官。诗留下的不多，但有一首《次北固山下》很有名：

客路青山外，行舟绿水前。
潮平两岸阔，风正一帆悬。
海日生残夜，江春入旧年。
乡书何处达？归雁洛阳边。

'潮平两岸阔，风正一帆悬'一联，写江上景色，令人心胸开阔。——据说当时的宰相把这首题在政事堂的墙壁上，作为好诗的楷模。

"对了，这一时期还有位诗人崔颢（？—754)，早年喜欢写艳体诗，后来从军出塞，诗风为之一变，写出不少慷慨豪迈的好诗来。不过最受人称道的，还是一首登临写景的七律《黄鹤楼》：

昔人已乘黄鹤去，此地空余黄鹤楼。
黄鹤一去不复返，白云千载空悠悠。
晴川历历汉阳树，芳草萋萋鹦鹉洲。
日暮乡关何处是，烟波江上使人愁。

崔颢这首诗，可谓吟咏黄鹤楼的绝唱。据说李白来到黄鹤楼，看到崔颢的诗题在壁上，感叹说：‘眼前有景道不得，崔颢题诗在上头。’——连李白也佩服得五体投地呢！”

第19天

『谪仙』李白

仗剑辞家，壮游天下

“昨天谈到李白对崔颢的赞誉，今天就专门讲讲这位大诗人。”

听爷爷提起李白，沛沛来了精神，说：“我还知道李白小时候的故事呢！——李白小时候不爱念书，怕花力气。一次他在小溪边碰到一位老婆婆，正蘸着溪水在石头上磨一根铁杵（chǔ）。李白好奇地问：您磨它干啥？老婆婆回答：我要把它磨成一根绣花针！李白笑了：那得磨到哪年哪月啊？老婆婆认真地说：只要功夫深，铁杵也能磨成针啊！李白听了，顿时醒悟，以后便下功夫读书，终于成了大诗人！”

爷爷笑着说：“讲得好！这虽然是传说，可老百姓都相信。有人说，那条小溪后来取名磨针溪，就在四川眉州的象耳山下。

“李白（701—762）字太白，祖籍是陇西成纪——也就是现在的甘肃秦安县。到他爹爹这一代，迁居到四川绵阳。李白就出生在绵州郭明县的青莲乡，他因此自号青莲居士。

“还有一种说法，说他出生在西域的碎叶，也就是今天吉尔吉斯斯坦的托克马克，当时那里是唐朝安西都护府所在地。直到李白五岁，全家才迁来四川。

“李白自幼聪颖，博闻强记，十岁时已读遍诸子百家。自轩辕以来的事儿，没有他不知道的。十五岁时就能写一手好文章，自认为比司马相如差不了多少！他的爱好十分广泛，少年时学过剑术，还梦想过得道成仙。传说他因打抱不平，还伤过人呢！

青年李白塑像

“到了二十岁，李白开始在蜀中漫游。他游览了司马相如的琴台，还瞻仰了扬雄的故居；又登上峨眉、青城，饱览山河的秀色。

“经过几年的游历，蜀中的名山大川都被李白踏遍了。他的眼界开阔了，心志更高了。他要远游天下，好好看看这个世界，还想施展才能，干一番事业，一鸣惊人！就在二十六岁那年，他‘仗剑去国，辞亲远游’，开始了更广泛的游历。

“他离开四川，先到了洞庭湖，又沿着湘江向南，登上苍梧山——传说虞舜死后就埋在那儿。然后回到江夏，又沿长江东去，上庐山，下金陵，一直到今天的苏州、绍兴一带。

“他热爱祖国壮丽的山河，一路写下不少吟咏山水的诗歌。如《望天门山》：

天门中断楚江开，碧水东流至此回。
两岸青山相对出，孤帆一片日边来。

天门山位于安徽，两山夹长江而立，如同门户，因称天门。诗中不但写出山势的奇伟、江水的奔流回旋，还格外注意大自然中的光和色。碧水、青山、灿烂耀眼的日光，使奇丽的画面五色交辉。

“那首著名的《望庐山瀑布》，是李白登庐山时写的：

日照香炉生紫烟，遥看瀑布挂前川。
飞流直下三千尺，疑是银河落九天。

“李白出行一年，长了不少见识，可政治上却没啥进展。从家里带的三十万金，也都在结交朋友、周济穷困中花光了。原以为功名唾手可得，现在却有点儿消沉啦。”

历抵卿相，广交朋友

李白是个“不安分”的人，先在湖北安陆成家定居，几年后又举家迁到山东任城。不久又迁至宣州南陵。

这一时期，李白特别渴望能受朝廷任用。那时的人要做官，科举是一条正道。不过有人认为，李白出身商人家庭，根本没有参加科举考试的资格。于是他不得不另辟蹊径，想凭着自己的才干和名声，跃过龙门。他广交朋友，扩大影响，同时还给大官僚们写信，毛遂自荐。

大约三十岁时，李白到襄阳去见韩朝宗——后者是荆州长史，以喜欢提拔人才著称。李白的《与韩荆州书》就是这会儿写的。

自荐书劈头就说：“白闻天下谈士相聚而言曰：生不用封万户侯，但愿一识韩荆州！何令人之景慕一至于此耶！”接下来李白自比毛遂，表达希望得到引荐的愿望。他自我介绍说：

> 白，陇西布衣，流落楚汉。十五好剑术，遍干诸侯。三十成文章，历抵卿相。虽长不满七尺，而心雄万夫……

下面，他又称颂韩朝宗的功业道德，希望他不惜“阶前盈尺之地”，使自己能“扬眉吐气，激昂青云”！

这是一篇自荐文章，照理很容易写得低三下四。可李白的态度却是不卑不亢，称颂对方很有分寸，介绍自己又不妄自菲薄。——韩朝宗怎样对待李白的请求呢？史书上没有记载。可李白这封奔放流畅、豪气逼人的自荐信，却成了千古传诵的佳作。

相传李白曾拜见当朝宰

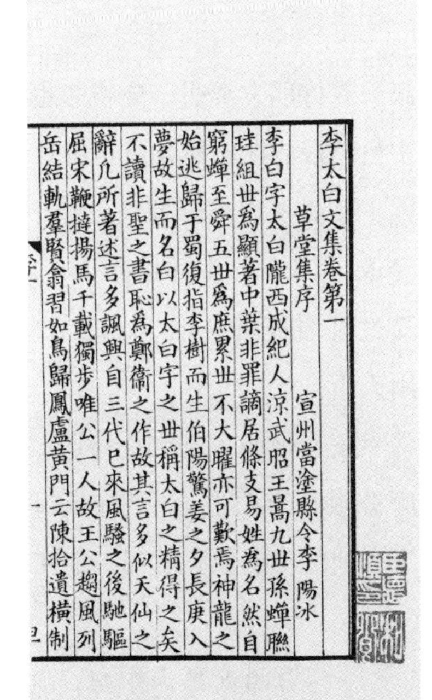
李太白文集卷第一

草堂集序　　宣州當塗縣令李陽冰

李白字太白隴西成紀人涼武昭王暠九世孫蟬聯珪組世爲顯著中葉非罪謫居條支易姓爲名然自窮蟬至舜五世爲庶累世不大曜亦可歎焉神龍之始逃歸于蜀復指李樹而生伯陽驚姜之夕長庚入夢故生而名白以太白字之世稱太白之精得之矣不讀非聖之書恥爲鄭衛之作故其言多似天仙之辭凡所著述言多諷興自三代已來風騷之後馳驅屈宋鞭撻揚馬千載獨步唯公一人故王公趨風列岳結軌羣賢翕習如鳥歸鳳盧黃門云陳拾遺橫制

《李太白文集》书影

相，名片上自题“海上钓鳌客李白”——“鳌（áo）”是神话传说中的大海龟。宰相问：你用啥钓啊？李白回答：我用彩虹为线，明月做钩！宰相又问：拿什么当钓饵呢？李白应声回答：“以天下无义气丈夫为饵！”宰相听了，竟一时说不出话来。

不过李白在无官无职的平民朋友面前，却从不“耍大牌”。例如他在襄阳结识了诗人孟浩然，他十分尊敬这位比自己大十几岁的诗友，由衷地赞美他：“吾爱孟夫子，风流天下闻。”两人在黄鹤楼分手时，李白又写了《送孟浩然之广陵》为他送行：

故人西辞黄鹤楼，烟花三月下扬州。
孤帆远影碧空尽，惟见长江天际流。

眼看着好朋友离去，连帆影也瞧不见了，只剩下无情的流水。诗中虽然没有明写感伤，可一片惆怅全体现在景物描写里！

一晃李白离开蜀地已经十六年了，他由二十几岁的小伙子，变成了四十出头的中年人。这中间，他足迹遍及大半个中国，受过许多挫折磨难。在政治上没找到出路，可他的诗却使他名满天下。

正当他举家迁到南陵时，喜讯传来：由于一位道士的推荐，唐玄宗召李白进京。李白欣喜若狂，多年的梦想就要成为现实了，他能不痛饮狂歌吗？他在《南陵别儿童入京》一诗里写道：

白酒新熟山中归，黄鸡啄黍秋正肥。
呼童烹鸡酌白酒，儿女嬉笑牵人衣。

高歌取醉欲自慰，起舞落日争光辉……

仰天大笑出门去，我辈岂是蓬蒿人。

醉草国书，藐视权贵

李白来到长安，马上又结交了一大批新朋友。著名诗人贺知章读了他的诗，连连惊叹说："此天上谪（zhé）仙人也！"——这是被贬谪到人间的活神仙啊！并解下佩戴的金龟换酒跟李白痛饮。

贺知章的称赞，使李白名声更响。紧跟着是玄宗亲自接见，用七宝床赐食，据说还亲手调羹给他吃。于是李白被安置在翰林院，做了御用文人，专门替皇帝起草文诰诏书之类。

相传有一回番邦使者来朝，呈上国书，是用"番文"书写的，满朝文武面面相觑，没一个认得。玄宗于是召来李白。李白不但能读，还用番文写了回书，痛斥对方无礼，这让番使十分惶恐。

李白写回书时，特别提出，要宰相杨国忠替他磨墨，宦官高力士为他脱靴。李白平日受这两人欺压，这回总算报了"一箭之仇"啦！——此事出自《李太白醉草吓（hè）蛮书》

木雕：力士脱靴

的话本，多半是虚构的。不过李家来自西域，李白能识“番书”，并非没有可能。

高力士是玄宗的亲信，权势极大；杨国忠是贵妃杨玉环的堂哥，权倾当朝。李白得罪了他俩，还有好果子吃吗？

有一回，禁苑中牡丹盛开，玄宗与杨贵妃特地到沉香亭赏花，并派人招李白来作诗谱曲。李白正跟人喝酒，醉醺醺地来见玄宗，乘着酒兴一挥而就，写了三首歌词，既赞牡丹的美丽，也夸杨贵妃的娇媚。杨贵妃听了，自然是飘飘然。

过了几日，杨贵妃正哼着李白的诗，高力士凑上去说：我还以为您早把李白恨透了！杨贵妃奇怪地问：为什么？高力士说：李白拿赵飞燕来比妃子，这是暗中糟践您呢！

原来那诗的第二首有这么两句：“借问汉宫谁得似，可怜飞燕倚新妆。”赵飞燕是汉成帝的皇后，因是歌女出身，不大被人看得起。而杨贵妃刚好也出身小户人家。听高力士这么一说，她对李白的好感全没啦！后来几次在玄宗耳边说李白的坏话。——高力士到底雪了脱靴之恨！

说李白坏话的人当然不止杨贵妃、高力士，玄宗对李白也渐渐失去了兴趣。李白心里苦闷极了，只好借着诗歌来抒写他的愁绪。在《行路难》里，他说：

金樽清酒斗十千，玉盘珍馐值万钱。
停杯投箸不能食，拔剑四顾心茫然。
欲渡黄河冰塞川，将登太行雪满山。
闲来垂钓碧溪上，忽复乘舟梦日边。

行路难，行路难！
多歧路，今安在？
长风破浪会有时，直挂云帆济沧海。

李白眼前的道路可真难走，处处是冰封雪屯。可他又不甘心就这么罢手。他还想着能有乘风破浪的时候。在另一首《行路难》里，他的心情更坏，一上来就长叹说：

大道如青天，我独不得出。
羞逐长安社中儿，赤鸡白狗赌梨栗。

道路这么宽阔，怎么就没有我李白的出路呢？他借古人的故事，斥责权贵对自己的猜忌和排挤，又感叹像燕昭王那样重视人才的明君再也遇不到。诗的结尾说："行路难，归去来！"——他已经动了离去的念头！

在长安待了差不多两年，李白提出还山的请求。玄宗没有挽留他，只给了他一些赏赐。

"天生我材必有用"

李白于天宝三年（744）春天离开长安，在洛阳遇到了杜甫。此后在汴州又遇到高适。三位诗人一道寻访古迹、品评诗文，日子过得十分畅快。他们相聚半载，终于在鲁东分了手。这以后，李白写诗给杜甫说："……鲁酒不可醉，齐歌空复情。思君若汶

李白

水，浩荡寄南征。”（汶水：发源于山东莱芜的一条河流。“浩荡”句：此句说诗人思友之情随汶水悠悠南行。）——李白比杜甫大十一岁，当时诗名也比杜甫大得多，但他们的心却贴得很近。

此后，李白四处漂泊，生活很不安定，情绪也时而消沉，时而激昂。他的那首《宣州谢朓楼饯别校书叔云》，大约就写在这段日子里：

弃我去者，昨日之日不可留；
乱我心者，今日之日多烦忧。
长风万里送秋雁，对此可以酣高楼。
蓬莱文章建安骨，中间小谢又清发。
俱怀逸兴壮思飞，欲上青天揽明月。
抽刀断水水更流，举杯销愁愁更愁。
人生在世不称意，明朝散发弄扁舟。

宣州即今天的安徽宣城，谢朓楼是南朝著名诗人谢朓（小谢）任宣城太守时所建。李白在此送别好友李云，写下此诗。

诗中慨叹：昨天的光荣与梦想已弃我而去，今天的日子烦愁正多。聊以解忧的，大概只有在秋风送爽的日子里，跟朋友高楼聚饮、谈文论诗吧？诗人称颂李云的诗有“建安风骨”，又自比是诗风清俊的“小谢”。酒酣耳热之际，诗人豪情万丈、逸兴飞舞，简直要跟朋友同上青天、共揽明月了！——可是回到现实中来，却是好朋友就要分手，别愁如同斩不断的流水。唉，人生失意，明天只好去当个隐士了！

不过忧愁压不垮诗人，李白那支笔还是那么雄健，感情也还是那么奔放。听听这首《将进酒》：

君不见黄河之水天上来，奔流到海不复回。
君不见高堂明镜悲白发，朝如青丝暮成雪。
人生得意须尽欢，莫使金樽空对月。
天生我材必有用，千金散尽还复来。
烹羊宰牛且为乐，会须一饮三百杯。
岑夫子，丹丘生，
将进酒，杯莫停。
与君歌一曲，请君为我倾耳听。
钟鼓馔玉不足贵，但愿长醉不愿醒。
古来圣贤皆寂寞，惟有饮者留其名。
陈王昔时宴平乐，斗酒十千恣欢谑。
主人何为言少钱，径须沽取对君酌。
五花马，千金裘，
呼儿将出换美酒，与尔同销万古愁。

黄河之水，一去不回；白发如雪，人生短促。这本来是令人感伤的事，在诗人笔下，却表现得那么夸张而豪放。“天生我材必有用”，他还有那份儿自负，不信自己的才能就这么被埋没掉。——可是眼下还看不到大展宏图的机会，因此也只有招呼朋友：“将进酒，杯莫停！”把名登青史的理想，降格到“惟有饮者留其名”。

天姥梦断，蜀道难行

在现实中难以得到的东西，李白便向梦境中去寻求。《梦游天姥吟留别》就展示了一派梦中仙境：

海客谈瀛洲，烟涛微茫信难求。
越人语天姥，云霞明灭或可睹。
天姥连天向天横，势拔五岳掩赤城。
天台四万八千丈，对此欲倒东南倾。
…………

天姥山是浙江新昌的一座奇峰，李白的诗也正像天姥山一样，拔地而起，气势不凡。诗中描写的是梦中游山的情景。

开始时，诗人虽然进入梦境，毕竟还没离开天姥山。可是到后来，天鸡啼鸣，熊咆龙吟，烟云缭绕，景色越发奇幻，诗人也已身登仙境。

在经历了惊心动魄的天崩地裂之后，神仙世界向李白打开了大门，那里青天朗朗，日月光明，楼台灿灿，仙人飘忽。诗人的灵魂获得极大的享受和满足，连诗句也变得那么自由跳荡，时而七言、五言，时而六言、四言，还夹杂着漂亮的骚体……

李白唯一存世墨迹

李白所幻想的自由境界，只能存在于梦中。梦醒了，他感到格外压抑痛苦，在结尾处大声疾呼：“安能摧眉折腰事权贵，使我不得开心颜！”

李白诗题中已经点明，自己只是“梦游”天姥，人压根儿没去过。不过李白对山有着特殊的感情，自称：“五岳寻仙不辞远，一生好入名山游。”（《庐山谣寄卢侍御虚舟》）。华夏的名山大川，什么峨眉、太白、黄山、庐山、衡山、泰山、华岳、终南山……屡屡出现在他的诗中。

不过作为蜀人，李白最熟悉的还是家乡的崇山峻岭，就说说那篇著名乐府歌行《蜀道难》吧。有人说，这是李白在安史之乱爆发以后写的，用意是对玄宗逃难入蜀表示讽谏。也有人说是到长安以前写的，贺知章称李白为“谪仙人”，就因读了这首《蜀道难》。——无论如何，这是一首艺术性极高的山水诗代表作。

诗一开篇，就是一声惊叹：

噫吁嚱，危乎高哉！
蜀道之难，难于上青天！

蚕丛及鱼凫，开国何茫然！
尔来四万八千岁，不与秦塞通人烟。

极度的夸张，是这首诗的最大特征。有什么地方比青天还难攀登吗？有哪个所在能跟外界隔绝几万年吗？李白说：蜀地就是这样的地方！接下去，诗人用五丁力士的传说来渲染蜀道的神异气氛：

西当太白有鸟道，可以横绝峨眉巅。
地崩山摧壮士死，然后天梯石栈相钩连！

此后诗人又反复渲染蜀道的难行，再三感叹："蜀道之难，难于上青天！"句式杂用三、四、五、七、八、九、十一言，仿佛要让人从变化无常的节奏里体会到蜀道的崎岖艰险似的。尤其是"一夫当关，万夫莫开，所守或匪亲，化为狼与豺。朝避猛虎，夕避长蛇，磨牙吮血，杀人如麻"（"所守"二句：意为守关者倘非亲信，便有可能据险作乱，为非作歹。"朝避"四句：想象发生祸变以后的情景），节奏急促，句句紧逼，造成一种压迫的态势，把蜀道的艰险恐怖推向高峰！

不过尽管诗篇中有"磨牙吮血"之类的描写，李白还是把蜀道之险当作一种美来写的——一种雄壮、奇异之美。李白诗歌夸饰、浪漫的风格，也正是在这篇诗歌里，得到完美的体现！

题材丰富，体裁多样

李白诗歌的题材、样式多种多样，有写景的，也有怀人的；有边塞诗，也有抒情诗。听听这首《月下独酌》：

花间一壶酒，独酌无相亲。
举杯邀明月，对影成三人。
月既不解饮，影徒随我身。
暂伴月将影，行乐须及春。
我歌月徘徊，我舞影零乱。
醒时相交欢，醉后各分散。
永结无情游，相期邈云汉。
（四首选一）

透过通俗如话的诗句，我们不难体会诗人内心的孤独与高傲，在这混浊的人世，谁是诗人的知音？能跟他一同举杯相邀、徘徊共舞的，大概只有天上那一轮皎洁的明月吧？最后一联，诗人要与月结为“无情（忘情）”之友，盼着在天上相遇的一天。

当然，人世间也不缺乏友情的温暖。诗人离开金陵时，好朋友们前来送行，美丽的江南姑娘行酒待

李白

客，酒杯中盛满浓浓的友爱：

风吹柳花满店香，吴姬压酒唤客尝。
金陵子弟来相送，欲行不行各尽觞。
请君试问东流水，别意与之谁短长？
（《金陵酒肆留别》）

诗的结尾，用东流水形容友谊的长远，别有意味。这也是李白的习用手法。

李白的律诗写得也很棒，这里选五律、七律各一首：

渡远荆门外，来从楚国游。
山随平野尽，江入大荒流。
月下飞天镜，云生结海楼。
仍怜故乡水，万里送行舟。
（《渡荆门送别》）

这首五律题为《渡荆门送别》，是诗人乘船出蜀，途经湖北荆门山时所作。船随江水从群山包围中来到平原，顿觉四野开阔。天上的云和月也显得那么不同。此刻唯一亲近的，便是不远万里送我至此的江水吧？“美不美，家乡水”，诗题中的“送别”，指的就是故乡的水波啊！

再看一首七律《登金陵凤凰台》：

凤凰台上凤凰游，凤去台空江自流。
吴宫花草埋幽径，晋代衣冠成古丘。
三山半落青天外，二水中分白鹭洲。
总为浮云能蔽日，长安不见使人愁。

金陵即今天的江苏南京，此地六朝为都，龙盘虎踞。诗人登临凤凰山的楼台，凭高望远，饱览江山秀色，又吊古伤今，感慨奸邪小人蒙蔽君王，如同浮云遮蔽了太阳。——全诗情景交融，凝练厚重，也成为后世一切金陵怀古诗的先声。

当涂捞明月，饮者留其名

当李白隐居庐山的时候，安史之乱爆发了。唐玄宗被迫入蜀，接着便是肃宗即位。玄宗的另一个儿子永王李璘也起兵抗击安禄山。永王早听说李白的大名，派人把他请到幕府中。——可肃宗认为永王兵权在握，对自己是个威胁，于是寻找借口把永王干掉了。李白因做过这位“叛王”的僚属，也遭流放。

流放地是远在贵州的夜郎。幸好李白还没有到达，就来了大赦令。李白重获自由，心情激动。他乘船沿长江东归，写下了那首有名的《早发白帝城》：

朝辞白帝彩云间，千里江陵一日还。
两岸猿声啼不住，轻舟已过万重山。

从这明朗轻快的诗句里，不难体会到诗人的如释重负和归心似箭！

李白这时已是六十岁的老人，又经历了这样的打击，意志不免消沉，生活也发生了问题，只好四处投亲靠友，境况凄凉。可一听说史思明之子史朝义又卷土重来，他又毅然打算赶去参加抵御叛军的队伍。可惜力不从心，半路就病倒了。

公元762年，这位伟大的诗人病死在当涂。也有人说，他是吃醉了酒，跳到水里捞月亮淹死的。这多半是热爱他的人，认为死在病榻上太平凡了，故意编出新奇的情节，好使诗人之死带上更多的浪漫色彩吧！

李白的一生富于传奇性，在后世的小说和戏曲里，他的形象近乎能饮善赋的仙人。传说他于长安放归时，唐玄宗赐他金牌，任凭他“逢坊吃酒，遇库支钱”。从此李白走到哪里，都能随处痛饮美酒。

有传闻说，一次李白喝醉了，骑着驴误闯华阴县县衙。县令

安徽当涂采石矶太白楼

大怒，问他是何人。李白不说姓名，挥笔写道：“曾得龙巾拭唾，御手调羹，贵妃捧砚，力士抹靴。天子门前尚容吾走马，华阴县里不许我骑驴？”县令得知是李白，连忙下拜，李白早已跨上青驴，扬长而去！——至今有些酒店，还高挂着“太白遗风”的招牌招徕客人呢！”

情牵桃花水，音聆绿绮琴

“唐代的诗坛有如群峰耸峙，”爷爷感叹说，“李白和杜甫的诗歌，就像是高出群山之上的两座高峰！在后代，你可以在散文、词曲、戏剧、小说中发现大师，可是在诗的领域，你可是再也找不出超越这两位的了！

李白的声音，一直在后代诗坛上回荡，唐代的韩愈、李贺，宋代的欧阳修、苏轼、陆游，明代的高启、屈大均，清代的黄景仁，都是他的崇拜者，并从他的诗中汲取了很多营养。

沛沛问：“李白一生作了多少诗呢？”

爷爷说：“单是传下来的，也有九百多首，咱们今天讲到的，只是其中极小的一部分。”

见沛沛欲言又止的样子，爷爷有意问：“想必沛沛也能背几首！”

沛沛马上说：“有一首《赠汪伦》：

李白乘舟将欲行，忽闻岸上踏歌声。
桃花潭水深千尺，不及汪伦送我情。

这个汪伦是李白的平民朋友，擅长酿美酒。李白要离开时，他就到岸边踏着拍子唱歌，为李白送行。李白于是作诗相赠。诗的前两句用的‘未见其人、先闻其声’的手法，后两句又用了比喻……

“还有一首《听蜀僧浚弹琴》，是一首五言律诗：

蜀僧抱绿绮，西下峨眉峰。
为我一挥手，如听万壑松。
客心洗流水，余响入霜钟。
不觉碧山暮，秋云暗几重。

诗题中的‘蜀僧浚’是一位峨眉山僧，名浚，跟李白友善。他是音乐家，‘绿绮’是琴名。他为啥大老远跑来为李白弹奏？只

四川绵阳青莲镇李白故居一角

因李白是他的知音。诗中的‘万壑松’，含着《风入松》的琴曲名；而‘客心洗流水’又暗用俞伯牙为钟子期演奏高山流水的典故……”

见沛沛说得头头是道，爷爷笑了：“讲得好！今天的讲座，沛沛开头，沛沛结尾，沛沛可以称得上研究李白的小专家啦！”

第 20 天

『诗圣』杜甫

会当凌绝顶，一览众山小

“李白、杜甫并称‘李杜’，”爷爷呷了一口茶水，开始了今天的话题，“他们同是中国历史上最伟大的诗人。

“杜甫（712—770）字子美，出生在河南巩县（今巩义西南）。他日后漂泊长安，住处靠近杜陵和少陵两座帝、后陵墓，因自称‘杜陵布衣’‘少陵野老’，于是又有了‘杜少陵’的称呼。以后他还得过工部主事的官衔，因而又称‘杜工部’。说起来，他也是名人之后：他的远祖杜预是西晋名将，不但战功卓著，还注解过《左传》呢。爷爷杜审言是初唐有名的诗人。父亲杜闲做过县令，母亲崔氏也出身名门。

杜甫

“杜甫自小虽不像李白那样才华早露，但七岁已能作诗，九岁时字写得很漂亮。十四五岁时，他寄居在洛阳姑母家，常跟有名的文士来往。——可他毕竟是个孩子。他回忆说，自己十几岁时壮得像头牛犊，院里有棵枣树，一天爬上爬下无数回！

“二十岁以后，杜甫开始了漫游生活。这跟李白的经历很相像。他先到金陵、姑苏，又坐船沿着剡溪直到天姥山下。他甚至想坐上海船到传说中的日出之国扶桑去，却没能如愿。这以后，他返回洛阳参加科举考试。

“杜甫自认为‘读书破万卷，下笔如有神’，却始终没被录取。二十六岁时，他再次出游，这一回是到北方的齐、赵——也就是今天的山东、河北一带。在山东，他登上东岳泰山，有一首《望岳》，就是登泰山时写的：

岱宗夫如何？齐鲁青未了。
造化钟神秀，阴阳割昏晓。
荡胸生层云，决眦入归鸟。
会当凌绝顶，一览众山小。

岱宗就是五岳之一的泰山。起首一联，写尽泰山横跨齐鲁青苍不绝的景象！中间两联，写泰山的灵秀与壮观，不但充塞天地，居然还参与了时间的转换，把世界分割成黑天与白昼！而涤荡胸襟的云气、引人远望的归鸟，无不让人感受到泰山的宏伟……尾联中，诗人想象着飞身绝顶、俯瞰众山如丘的情景——这哪里是写登山，分明写的是诗人的凌云壮志！这一年，杜甫二十八岁。”

朱门酒肉臭，路有冻死骨

从齐、赵归来，杜甫在洛阳定居并成了家。几年以后又来到长安，想谋个官职。恰好这一年唐玄宗下诏举行考试，要搜罗天下贤才。当时的宰相李林甫是个“口蜜腹剑”的大奸大恶。考试倒是举行了，却一位也没录取。李林甫向玄宗上表庆贺，说是“野无遗贤”，意思是朝廷的举贤工作做得很到位，民间再也没有像样的人才了！就这样，杜甫又一次失去了仕进的机会。

杜甫在长安一待就是十年。为了谋得一官半职，他东奔西走，到处看人家脸色。最后，委委屈屈当了一名小小的帅府参军。

在长安的十年，给他感受最深的，是社会的不公。帝王和贵族的奢华让人吃惊。像杨贵妃，一人受宠，“鸡犬飞升”，姐妹都被封为虢国夫人，哥哥杨国忠还做了宰相。“三月三日天气新，长安水边多丽人”，“炙手可热势绝伦，慎莫近前丞相嗔”——这是《丽人行》中的诗句，对杨氏家族给予辛辣的讽刺。

同样是在长安城，还有另外的景象：“车辚辚，马萧萧，行人弓箭各在腰。爷娘妻子走相送，尘埃不见咸阳桥。牵衣顿足拦道哭，哭声直上干云霄。……”（辚辚：车行声。萧萧：马鸣声。行人：出征的人。干：冲，犯。）

乾隆乙巳孟夏
杜工部集
玉勾草堂藏版

《杜工部集》书影

这是杜甫《兵车行》的开头几句。那个“炙手可热”的杨国忠，连年发动对云南的战争。为了补充兵源，官府到处抓人。百姓们怨声载道，诗中所谓“边庭流血成海水，武皇开边意未已”（武皇：指汉武帝。意未已：野心还没得到满足），表面是在骂汉武帝，斥责的却是唐代君臣！

天灾接着人祸，天宝十三载（754），秋雨连绵，秋收无望。长安百姓拿被子换米吃。第二年，杜甫养活不了家小，便把他们送往奉先县找口饭吃。十一月的一个夜晚，杜甫从长安出发，到奉先去看妻儿。正是寒冬季节，一路上到处是难民。路过骊山时，山上的华清宫却飘来乐声——唐玄宗跟杨贵妃正没日没夜地饮酒享乐呢！

等杜甫赶回家中，得知小儿子已经饿死！这一切，给杜甫的震动太大了。他在悲愤中，写下长诗《自京赴奉先县咏怀五百字》：“杜陵有布衣，老大意转拙。许身一何愚？窃比稷与契……”

在诗中，杜甫拿古代贤臣稷和契自比，说自己整年替百姓忧虑，总想有所作为。接着，他把一路上的见闻作了对照鲜明的描述。他说：华清宫里高歌欢宴的全是贵族，他们得到的布帛赏赐，都是贫家女子织出来的。官府鞭打贫女的丈夫，把这些财富聚敛起来供统治者挥霍！诗里有这么几句，对这个不公平的社会揭露得最深刻：

朱门酒肉臭，路有冻死骨。
荣枯咫尺异，惆怅难再述。

一边是帝王之家酒肉腐臭，一边是黎民百姓冻饿而死，这就是在那个严寒的夜晚，诗人一路上看到的和想到的！

烽火连三月，苍茫问家室

就在这个月，发生了惊天动地的安史之乱。本来就困窘不堪的杜甫，从此又陷入颠沛流离的旋涡，几乎再也没过上安定的日子！

野心勃勃的安禄山从渔阳起兵，大举西来，势不可当。转过年来，洛阳、长安相继陷落，玄宗带着杨贵妃逃往西蜀。杜甫本来要到灵武去见刚刚即位的肃宗皇帝，可半道被叛军劫回，在陷落的长安一待就是八个月。

春天来了，花红草绿、百鸟鸣啭。可是身处沦陷的都城，诗人只能感到深深的悲哀。他在《春望》中写道：

> 国破山河在，城春草木深。
> 感时花溅泪，恨别鸟惊心。
> 烽火连三月，家书抵万金。
> 白头搔更短，浑欲不胜簪！

诗人怀念家人，又记挂着国事，只觉得春天也变得暗淡无光。“烽火连三月，家书抵万金”，只有身临其境的人，才能有这样真切的感受！

这年夏天，杜甫到底逃出了长安。他到凤翔去见肃宗，穿着麻鞋，袖子也露出两肘，活像个落难的老百姓。肃宗嘉许他的忠心，给他个左拾遗的官儿，却并不重用他。不久，杜甫决定到鄜（Fū）州（今陕西富县）去探家。

诗人的家这会儿已搬到鄜州羌村。《羌村三首》和《北征》，就是这回探家时写的。

《羌村三首》头一首写诗人在满天红霞的黄昏进了家门，妻儿见他还活着，都悲喜交集。邻居们扒满墙头，也都感慨唏嘘。第二首写回家后的矛盾心情：儿女们不离膝头，生怕爹爹再离开。可国家一团糟，诗人又怎能独自偷安？第三首写邻人来访，大家围坐饮酒，讲的都是坏消息。诗人即席赋诗答谢邻人，“歌罢仰天叹，四座泪纵横”，在这多事之秋，大家的心情同样沉重！

这次探家是由南往北，诗人因此把记述此行的长诗命名为《北征》。诗一开头就说：“皇帝二载（肃宗至德二载）秋，闰八月初吉。杜子将北征，苍茫问家室……”接着诗人讲述了途中所见：一路人烟稀少，景物荒凉。即便遇见几个人，也多半受伤流血，呻吟不已。夜间路过战场，只见凄冷的月光映照白骨，这使他想起潼关之役，秦地百姓一半都做了鬼！

回到家里，妻子穿着补丁连补丁的衣裙，脸色苍白的孩子赤着脚，连袜子也没有。大家相见痛哭，哭声在松林里回荡！可诗人并没有灰心丧气。诗的结尾说：“煌煌太宗业，树立甚宏达！”——他相信唐太宗奠定的大业，不会就这么垮掉。

《北征》长达七百字，比《自京赴奉先县咏怀五百字》还长不少。这两首叙述诗是杜诗中的“大文章”，也只有像杜甫这样的大手笔才写得出！有人特别推崇这两首长诗，说是读上一百遍，也还会有新收获！

“三吏”“三别”，忧国忧民

这一年（757）的九月，官军收复长安。杜甫携全家迁回长安，不久又奔赴华州做官。他从华州前往洛阳探访故居时，一路上目睹了战争带来的破坏，写下了不朽诗篇“三吏”与“三别”。

“三吏”是《新安吏》《潼关吏》《石壕吏》。诗人路经新安时，那里正在抓丁，连未成年的“中男”也被送去“守王城”。诗人没法子帮助这些不幸的人，只有开解劝说：哭瞎了眼又有什么用？现实就是这样无情！——接下来诗人又说了不少安慰的话，因为与叛军作战，到底还是正义之举。

以上是《新安吏》的内容。《潼关吏》呢，则是借与潼关守吏谈话的口吻，告诫将士们要记取以前失败的教训，千万别轻敌。

“三吏”中传诵最广的还是《石壕吏》：

暮投石壕村，有吏夜捉人。
老翁逾墙走，老妇出门看。
吏呼一何怒！妇啼一何苦！
听妇前致词：“三男邺城戍。
一男附书至，二男新战死。
存者且偷生，死者长已矣！

室中更无人，惟有乳下孙。
有孙母未去，出入无完裙。
老妪力虽衰，请从吏夜归。
急应河阳役，犹得备晨炊。”
夜久语声绝，如闻泣幽咽。
天明登前途，独与老翁别。

诗人在一个小村庄投宿，夜里正赶上官吏抓丁。房东老太婆哭诉说：三个男孩儿全都上了战场，有两个已经命丧黄泉！家里只有个奶孩子的儿媳妇，出来进去连条遮体的裙子都没有！——结局怎么样呢？老太婆被捉去应付官差。诗人离开时，只有向半夜躲出去的老公公一个人告别！

吏呼一何怒，妇啼一何苦（王叔晖绘）

“三别”跟“三吏”的主题一样，也都是揭露战争残酷的。《新婚别》里那位丈夫头天刚成亲，第二天就到河阳去参战。新媳妇含悲忍痛说：“仰视百鸟飞，大小必双翔。人事多错迕，与君永相望。”［错迕（wǔ）：错乱，不合理。〕你看，当个离乱人，连鸟也不如啊！

《垂老别》写一位“子孙阵亡尽”的老公公，扔掉手杖，也去参军。他的老太婆卧在路上啼哭，寒风中只穿着单衣，那景象真是惨不忍睹！——然而不参军就有活路吗？到处是尸体堆积、血流成河，中原大地上已没有一块可以安居的乐土了！

《无家别》写一个战败逃回的士兵。他走在往日百户聚集的镇子里，到处空荡荡的。日光也那样惨淡，狐狸非但不怕人，反而竖着毛向人怒啼！士兵本以为可以喘口气，可转眼间县吏又把他抓了去！“人生无家别，何以为蒸黎！”家都没了，又怎么能当得成老百姓！

草堂岁月，花重锦城

杜甫同情百姓、心系国家，可他自己一家活得怎么样？关中正闹饥荒，他只好辞了官，带着全家人四处谋食，最终来到四川成都。

在朋友的帮助下，杜甫在成都西郊的浣花溪边建起一座茅屋，便是著名的杜甫草堂。有一首七律《客至》，写的正是草堂的生活小景：

舍南舍北皆春水，但见群鸥日日来。
花径不曾缘客扫，蓬门今始为君开。
盘飧市远无兼味，樽酒家贫只旧醅。
肯与邻翁相对饮，隔篱呼取尽余杯。

这里江流环抱，地僻人稀，却是鸟儿的天堂——“但见群鸥日日来”的诗句半是写实，半是隐逸生活的象征。偶有客来，诗人格外开心。只是“市远”“家贫”，酒食不周，然而无论主客，都热情不减，喝到高兴处，索性隔着篱笆邀来邻翁，大家一起喝个痛快！——诗中记录的草堂生活，简朴宁静又不乏乐趣。

成都杜甫草堂碑亭

成都南郊有座武侯祠，供奉着蜀汉丞相诸葛亮。杜甫喜欢到那里游玩，并写过一首七律《蜀相》：

> 丞相祠堂何处寻，锦官城外柏森森。
> 映阶碧草自春色，隔叶黄鹂空好音。
> 三顾频烦天下计，两朝开济老臣心。
> 出师未捷身先死，长使英雄泪满襟。

杜甫敬仰这位“鞠躬尽瘁，死而后已”的前代贤相。他的理想大概就是像诸葛亮一样，做个忠心耿耿的辅国之臣吧！可诸葛亮的雄心到底没能实现，看看自己，就更不必说。“出师未捷身先死，长使英雄泪满襟！”吟诵至此，诗人肯定也热泪流淌呢。

这段时间是杜甫一生中比较安定的时期。他的老朋友高适、严武刚好都在成都做官，对他多有照顾。严武还推荐他当了检校工部员外郎，“杜工部”的称号便由此而来。

诗人一家吃穿不愁。从几首小诗中，或可见出他此时的生活和心情：

黄师塔前江水东，春光懒困倚微风。
桃花一簇开无主，可爱深红爱浅红？
（《江畔独步寻花七绝句》之一）

还有那首《春夜喜雨》，同样脍炙人口：

好雨知时节，当春乃发生。
随风潜入夜，润物细无声。
野径云俱黑，江船火独明。
晓看红湿处，花重锦官城。

锦官城是成都的别称。诗人站在农夫的立场，对及时而来的春雨由衷欣喜。听听“随风潜入夜，润物细无声”两句，雨仿佛也有了人的情感。

安得广厦千万间

不错，诗人的心底一天也没忘记国家和人民。从《茅屋为秋风所破歌》里，就可以看出这一点。

这首诗从大风刮跑草堂屋顶的茅草写起：“八月秋高风怒号，卷我屋上三重茅，茅飞渡江洒江郊……”顷刻风定雨来：“布衾多年冷似铁，娇儿恶卧踏里裂。床头屋漏无干处，雨脚如麻未断绝。”（布衾：布被。踏里裂：睡觉时把被里蹬破了。）然而在这么一个凄风苦雨之夜，杜甫想到的却是更多的人：

安得广厦千万间，大庇天下寒士俱欢颜，风雨不动安如山。

呜呼！何时眼前突兀见此屋，吾庐独破受冻死亦足！

自己遭遇不幸，却首先想到他人。这种推己及人的思想，正是典型的儒者情怀。

有段时间杜甫住在夔州，也住着几间草堂。不久他迁居别处，把草堂让给亲戚吴郎住。吴郎为了防备邻人打枣，在屋子周围插上篱笆。杜甫听说了，写诗给吴郎：

堂前扑枣任西邻，无食无儿一妇人。
不为穷困宁有此，只缘恐惧转须亲。
即防远客虽多事，便插疏篱却甚真。
已诉征求贫到骨，正思戎马泪盈巾。

（《又呈吴郎》）

原来，邻家是个孤苦妇人，因官府横征暴敛，已是一贫如洗。枣熟时节，她来堂前打枣充饥，杜甫从不阻拦。此刻杜甫又特意嘱吩吴郎体恤这“无食无儿”的妇人。诗中说，正因人家怕你，你就更应对人和气些（“只缘恐惧转须亲”）；又说：她防着你这“远客”，固然是多想，但你插上篱笆，这隔阂就变成真的（“即防远客虽多事，便插疏篱却甚真”）。——从艺术上看，这首七律不是最出色的，然而渗透在诗中的悲悯情怀，却深深打动着读者。

由于军阀作乱，杜甫不得不四处躲避。广德元年（763）春天，杜甫正在梓州，突然得到唐军打败叛军收复河南河北的消息。杜甫狂喜的心情难以抑制，挥笔写下七律《闻官军收河南河北》：

剑外忽传收蓟北，初闻涕泪满衣裳。
却看妻子愁何在？漫卷诗书喜欲狂。
白日放歌须纵酒，青春作伴好还乡。
即从巴峡穿巫峡，便下襄阳向洛阳。

却看妻子愁何在，漫卷诗书喜欲狂（张光宇绘）

看惯了那些忧国忧民的沉重诗篇，这一首显得格外明快——八年啦，诗人同广大百姓一道经历了那么多的磨难。而今，这一切终于要结束了，诗人怎能不欣喜若狂呢？满头白发的诗人挥洒着欢喜的眼泪高歌狂饮，他想象着在春光的陪伴下沿三峡顺流而下，然后转道直抵洛阳。全诗热情澎湃，一气呵成，是杜甫七律的杰作。

老病孤舟，诗人迟暮

然而杜甫的盘算落了空。安史之乱虽然结束，吐蕃人的铁蹄又踏进长安。直到第二年春天，长安才再度收复。可代宗皇帝却无意起用杜甫，杜甫只好重回成都。

他准备把荒芜了的草堂好好修整一番，写诗说："新松恨不高百尺，恶竹应须斩万竿。"这话虽是写草木，却蕴含着另外的意思：这个纷乱的世道还不应当好好整顿一番吗？

后来高适、严武等朋友一个个故去了，杜甫在成都失去了依靠，只好举家东下，到夔州去。他由成都乘舟东下，途中写下那首五律《旅夜书怀》：

细草微风岸，危樯独夜舟。
星垂平野阔，月涌大江流。
名岂文章著，官应老病休。
飘飘何所似，天地一沙鸥。

寄身孤舟，前途未卜，文章无用，老病来袭，一种牢骚愤懑与孤独无助之感，油然而生。“星垂平野阔，月涌大江流”一联，可与李白的“山随平野尽，江入大荒流”媲美。

在夔州一住二年，杜甫写了四百多首诗。既有吟咏自己生活的，也有记录风土人情的。有一首七律《登高》，记录了诗人此时期的心情：

风急天高猿啸哀，渚清沙白鸟飞回。
无边落木萧萧下，不尽长江滚滚来。
万里悲秋常作客，百年多病独登台。
艰难苦恨繁霜鬓，潦倒新停浊酒杯。

杜甫

诗人长期流浪漂泊，眼看头发白了，贫病交加。因为病，他戒了酒，这使他的满怀愁苦无法排遣，心情恶劣到极点。秋天的西风落叶、林中的猿猴悲啼，让悲愁的气氛更加浓重，浓得化都化不开！——有人评价这首诗“高浑一气，古今独步，当为杜集七言律诗第一”。

在夔州待了两年，杜甫又向东进发。他先到江陵，又到公安，往南到过岳州。这以后，又往来于衡州、潭州之间。要投靠的朋友死了，他几乎陷于绝境。有时只好自己种菜，并靠卖药度日。他家的一张桌子绑了又绑，身上的衣服打满了补丁。有一首《登岳阳楼》写于此时：

昔闻洞庭水，今上岳阳楼。
吴楚东南坼，乾坤日夜浮。
亲朋无一字，老病有孤舟。
戎马关山北，凭轩涕泗流。

诗的前四句写洞庭湖隔绝吴楚、包容天地的宏阔气势，后四句写自己的境遇：老病交加，无亲无友……然而他心中仍牵挂着战乱未息的局势，为灾难中的国家和百姓泪水长流。

大历五年，杜甫乘船入洞庭，准备经汉阳回长安去。就在风浪颠簸中，五十九岁的杜甫一病不起，溘然长逝！死前的最后一首诗里，有“战血流依旧，军声动至今”的诗句，也仍在惦念着国家的命运！

杜甫的“遗产”

杜甫没有给子女留下任何产业，可他给中华民族留下一千四百多首光辉灿烂的诗篇！他一生所作的诗比这还要多得多，他把作诗当成了自己的终生事业。

杜甫的诗富于创造性。他把诗歌的题材大大扩展了，以前的诗人大多写些山山水水，抒写的多是个人的幽怀。杜甫却把社会时事拿来入诗。

杜诗中最宝贵的还是蕴含在多数诗篇里的那种深厚情感。他忧国忧民，心怀天下。自己颠沛流离一辈子，吃尽战乱之苦，同情心却始终没有泯灭。他的物质生活穷得不能再穷，可精神世界却无比富有。他的这种感情，在作品里熔铸成“沉郁顿挫”的风格，也造就了这位不朽的诗人！

杜甫还善于运用各种诗歌体裁。无论哪一种，放在他手里，就有了新的创造发展。他是一位五言、七言古诗的大师。像《自京赴奉先县咏怀五百字》和《北征》那样的鸿篇巨制，在中国的诗歌史上真可谓前无古人后无来者；《羌村三首》以及“三吏”“三别”，也都是名传千古的古诗杰作。

杜诗里的五律、七律占全部诗歌一半还要多，成就也都极高。像《春望》《天末怀李白》《蜀相》《闻官军收河南河北》《登

四川成都工部祠

楼》《登高》，都是千百年来家传户诵的佳作。

杜诗的语言是非常讲究的。别以为“讲究”就是古雅深奥，杜诗的语言大都很通俗，这是杜甫向乐府诗学习的结果。尤其是古诗中那些人物的对话，简直就是从农夫、士兵、老妪、新妇的嘴里刚刚吐出来的。可这些语言并不粗俗，因为诗人下了很大的锤炼功夫。至于律诗当中那些千锤百炼的名联佳句，更是屡见不鲜。——“语不惊人死不休！”这成了杜甫的座右铭。

“诗圣”与“诗史”

沛沛忽然想起什么，问道：“杜甫写过《天末怀李白》，他跟李白也是朋友吧？”

爷爷说：“他俩确实是好朋友。杜甫三十几岁时结识了李白，他比李白小十一岁。李白当时刚离开长安，正郁郁寡欢，两人真是相见恨晚！杜甫仰慕这位大诗人，李白也器重这位诗坛新秀。他们携手再游齐鲁，一同访道寻友、谈诗论文。——这是李、杜唯一一次会面。以后杜甫写过不少诗怀念李白。他在诗中赞美说：

白也诗无敌，飘然思不群。
清新庾开府，俊逸鲍参军。……

多年后，他还梦见李白，写诗说：‘死别已吞声，生别常恻恻。’（恻恻：悲伤。）杜甫始终把这位好朋友记挂在心上。”

“只是两人诗风不同。李白的诗想象丰富，自由奔放，带着一股洒脱飘逸之气，人称李白为‘诗仙’。杜甫呢，诗风‘沉郁顿挫’，严整凝重，人们尊称他为‘诗圣’。

“杜甫的诗歌，忠实记录了自己的坎坷遭遇，连同安史之乱前后动荡的社会现实，就像用诗书写了一部安史之乱的历史。因此，人们把杜甫的诗歌称为‘诗史’。”

停了一下，爷爷又说：“只是杜甫活着时，他的诗并不被人重视。直到他死后四十年，韩愈、白居易、元稹（zhěn）等人才认识到他的伟大。到了宋代，王安石、苏轼、陆游、黄庭坚对他推崇备至。他的价值，越来越被人认清。宋末的文天祥、明末清初的顾炎武，也都深受他的影响。”

爷爷又端起茶杯，沛沛意识到今天的话题说完了。他伸出两根手指对爷爷说：“爷爷，杜甫的诗我也背过几首，您听。”——沛沛一字一句朗诵道：

黄四娘家花满蹊，千朵万朵压枝底。
留连戏蝶时时舞，自在娇莺恰恰啼。
（《江畔独步寻花七绝句》之一）

两个黄鹂鸣翠柳，一行白鹭上青天。
窗含西岭千秋雪，门泊东吴万里船。
（《绝句四首》之一）

第21天

白居易与《长恨歌》

附中唐诗人

野渡无人舟自横

“盛唐接下来是中唐，随着安史之乱的结束，诗坛似乎也恢复了平静，带着点寂寥。”爷爷又开始了今天的讲述，“中唐前期有几位诗人值得一提。像刘长卿和韦应物，都擅长写山水诗。刘长卿（？—约789）以五言诗见长，自诩是‘五言长城’，听听这首《逢雪宿芙蓉山主人》:

日暮苍山远，天寒白屋贫。
柴门闻犬吠，风雪夜归人。

风雪之夜，到贫寒人家投宿。那几声狗叫，似乎已经让人联想到炉火的温暖，倍感亲切。

“韦应物（约737—791）年轻时以官宦子弟的身份当上玄宗的侍卫，也曾骄纵一时。安史之乱以后，才开始悔过读书，竟像变了个人似的。所到之处焚香扫地，闭门静坐。他的诗风高雅闲淡，人们常将‘王（维）孟（浩然）韦（应物）柳（宗元）’并称。他后来曾任江州刺史、苏州刺史，世称‘韦江州’‘韦苏州’。

“有一首《滁州西涧》，妇孺皆知：

独怜幽草涧边生，上有黄鹂深树鸣。
春潮带雨晚来急，野渡无人舟自横。

这首诗简直像画儿一样，后来不少画家便以此为题作画。韦应物还是位有责任感的官员，他在给朋友的诗中说：‘身多疾病思田里，邑有流亡愧俸钱。’（《寄李儋元锡》）——诗人萌生退意的原因是体弱多病，而更重要的原因是辖区内百姓流离失所，自己愧领国家的俸禄。

“另有一位诗人张继（约715—约779），他留下的诗不多，但有一首《枫桥夜泊》分外有名：

姑苏城外寒山寺

月落乌啼霜满天，江枫渔火对愁眠。
姑苏城外寒山寺，夜半钟声到客船。

诗人夜泊寒山寺的见闻感触，至今还深深打动着读者。苏州寒山寺也因这首小诗而远近闻名。”

大历十才子，诗多边塞声

唐代宗大历年间（766—779），还有十位诗人最为突出，人称“大历十才子”，他们是卢纶、吉中孚、韩翃（hóng）、钱起、司空曙、苗发、崔峒、耿沣（wéi）、夏侯审、李端。其中以钱起、卢纶成就最高。

钱起（约720—约782）以五言诗见长。他跟王维是朋友，两人的诗风也有点儿相像。他参加科举考试，赋诗《省试湘灵鼓瑟》，末两句是“曲终人不见，江上数峰青”。诗人说，考试前曾在客舍投宿，听门外有人再三朗诵这两句，不想考试时刚好用上。考官对这两句也十分赞赏，吟诵良久，说：“是必有神助之耳！”

卢纶（约742—约799）以边塞诗见长，举两首《塞下曲》：

林暗草惊风，将军夜引弓。
平明寻白羽，没在石棱中。

月黑雁飞高，单于夜遁逃。
欲将轻骑逐，大雪满弓刀。

平明寻白羽，没在石棱中

前一首写李广射虎的故事，妙在歌颂李广，却全用叙事手法，不加一句赞辞。后一首写边将雪夜追击敌人，好在环境的渲染。

十才子之一的韩翃（生卒年不详）曾在德宗朝为官。有一首《寒食》为人熟知：

春城无处不飞花，寒食东风御柳斜。
日暮汉宫传蜡烛，轻烟散入五侯家。

古代清明前两日是寒食节，民间习俗，寒食要断火三日，节后再由皇家颁赐火种给高官大僚。诗人写的正是这一节俗场景。——据说德宗皇帝十分喜欢这首诗。有一回制诰官有缺额，德宗点名要韩翃担任。当时有两个叫韩翃的官员，宰相问是哪一个，德宗批复："'春城无处不飞花'韩也！"

还有一位李益（746—829），有人把他也算在十才子中。他能文能武，曾从军十载，常常"据鞍为文，横槊赋诗"。他的诗，以边塞题材见长，那正是他熟悉的生活。像这首《夜上受降城闻笛》：

回乐峰前沙似雪，受降城外月如霜。
不知何处吹芦管，一夜征人尽望乡。

“沙似雪”“月如霜”，让人感到寒气逼人。再加上哀怨的笛声，士兵们怎能不思念家乡呢！

再看这首《喜见外弟又言别》：

十年离乱后，长大一相逢。
问姓惊初见，称名忆旧容。
别来沧海事，语罢暮天钟。
明日巴陵道，秋山又几重。

大乱之后，又见到久别的远亲，恍如隔世。“问姓惊初见，称名忆旧容”，两句描画重逢者记忆渐渐复苏的神态，真是生动如画！他乡遇故知，有说不完的话。可是才见面，又要分手，温暖的亲情与离别的伤感交织在一块儿，让人回味无穷。

这一时期还有两位与众不同的诗人——元结（719—772）和顾况（约730—806后）。

元结在道州当刺史的时候，宁愿贬官，也不肯勒索百姓。他在《舂陵行》中为民请命，说是战乱之后，百姓逃亡殆尽，活着的“朝餐是草根，暮食仍木皮。出言气欲绝，意速行步迟。追呼尚不忍，况乃鞭扑之”！诗人警告当权者：如果官府依旧这样不计后果地追逼赋税，恐怕离州县“乱亡”、百姓造反的日子不会太远了！

顾况也同样关心民间疾苦，他的《囝（jiǎn）》反映福建盛行的买卖阉奴的野蛮风俗，诗中充满对弱者的同情。

在这之后，中唐诗坛上又出现一位大诗人。他的诗，语言通俗，内涵却十分尖锐，专替百姓讲话，敢于给统治者“挑刺儿”——他就是白居易。

白居易：长安居，大不易

白居易（772—846）字乐天，出生在河南新郑一个官宦之家。由于军阀作乱，白居易十一岁时被送往南方避乱，以后东奔西走，历尽苦辛。

白居易自幼聪明，出生才五六个月，在人怀抱中，已能认识屏风上的“无”“之”等字，虽口不能言，但屡指不错！五六岁开始学诗，九岁已经掌握了作诗的技巧。十五六岁开始专攻科举，二十以后，更是日夜读书，恨不得连睡觉的工夫都搭上！由于总是读啊写啊的，口舌生了疮，手和肘也磨出了老茧。年纪轻轻的，

白居易

皮肤没了光泽，头发白了，眼也花了，看东西总像有成千上万的飞蝇和垂珠在眼前乱飞乱晃……

可功夫不负苦心人，十几岁时，白居易的诗已经很出色。有一首《赋得古原草送别》，就是他十五岁时作的：

离离原上草，一岁一枯荣。
野火烧不尽，春风吹又生。
远芳侵古道，晴翠接荒城。
又送王孙去，萋萋满别情。

诗人拿荒原上无边无际的野草比喻与朋友离别时的不尽情思，既是咏物写景，又是抒发感情。诗的第二联尤为人称道。

相传白居易初到长安，去拜会前辈诗人顾况。顾况看到“白居易”这个名字，笑着说：长安米贵，要“居”可是不“易”啊！——等他打开诗卷，读到“野火烧不尽，春风吹又生”一联，不觉慨叹道：我以为这样的好诗早就绝迹了，没想到在你这儿看到了！我刚才的话可是开玩笑啊。

二十九岁那年，白居易考中进士。过了两年，又通过吏部的考试，授了官职。

荡气回肠《长恨歌》

白居易三十五岁时，一次跟朋友到佛寺游玩，偶然谈起唐玄宗与杨贵妃的逸事，朋友便撺掇他把这题材写成长诗。白居易于

是挥笔写了那首著名的长篇叙事诗《长恨歌》:

> 汉皇重色思倾国，御宇多年求不得。
> 杨家有女初长成，养在深闺人未识。
> 天生丽质难自弃，一朝选在君王侧。
> 回眸一笑百媚生，六宫粉黛无颜色。
> …………

接下来，诗人又描摹了唐玄宗、杨贵妃的宫中淫靡生活。“春宵苦短日高起，从此君王不早朝”“姊妹弟兄皆列土，可怜光彩生门户。遂令天下父母心，不重生男重生女”（列土：赐邑封爵。可怜：可爱、可羡），这些诗句，显然都带着讽刺和谴责的意味。

然而安史之乱一起，一切都发生了逆转。唐玄宗带着杨贵妃匆匆逃往西蜀，结果在马嵬驿发生了兵变。士兵们杀死贵妃的哥哥杨国忠，又逼着玄宗处死贵妃。“六军不发无奈何，宛转蛾眉马前死”“君王掩面救不得，回看血泪相和流”，正是对这一事件的记录。

以白居易《长恨歌》为题材的邮票

《长恨歌》的描写重点，

放在玄宗对贵妃思念上：

黄埃散漫风萧索，云栈萦纡登剑阁。
峨眉山下少人行，旌旗无光日色薄。
蜀江水碧蜀山青，圣主朝朝暮暮情。
行宫见月伤心色，夜雨闻铃肠断声。
…………
归来池苑皆依旧，太液芙蓉未央柳。
芙蓉如面柳如眉，对此如何不泪垂？
春风桃李花开日，秋雨梧桐叶落时。
西宫南内多秋草，落叶满阶红不扫。

这种思念，全是通过对景物的描写来表现。讽刺的语调，到这里也转为同情和怜悯。诗的末尾写玄宗派道士上天入地求索，终于在蓬莱仙岛寻到贵妃。贵妃托道士给玄宗带去“旧物”表深情，还捎去爱情的誓言：“在天愿作比翼鸟，在地愿为连理枝。”——可是两人却再也无缘相见！

作为帝王，玄宗是个应受谴责的君主。可是作为丈夫，他与杨玉环的爱情悲剧却又值得同情——这大概就是白居易的理解吧。

全诗一百二十句，像是一口气写成，景物的描摹，感情的抒泄，是那么起伏婉转，令人荡气回肠。“恨”的主题贯穿始终，给人留下难忘的印象。——唐玄宗与杨贵妃的故事，在后世成了热门话题，相关的诗词曲话总有上百种，回头来看，都可以追溯到白居易《长恨歌》！

《秦中吟》与《新乐府》

元和三年（808），白居易被任命为左拾遗，这是个专门给皇帝提意见的官儿。白居易在这个位置上尽心尽责，意见提得挺尖锐，有时搞得皇上很不高兴。对社会上的黑暗现象，他除了用奏章向皇帝报告外，还写了大量诗歌，大概想用这种委婉的形式，向统治者提出警告和劝诫吧。他把这些诗作称为“讽喻诗”。

有一组《秦中吟》，是讽喻诗的代表作，共十首，大都揭示不合理的社会现象。如《重赋》一篇，借百姓之口指责那些盘剥百姓的官吏：

昨日输残税，因窥官库门。
缯帛如山积，丝絮似云屯。……
夺我身上暖，买尔眼前恩。
进入琼林库，岁久化为尘！

诗人这是替敢怒不敢言的百姓发出质问！

《轻肥》一首，写身披朱紫的太监们赴宴的情景，宴席上山珍海味，花天酒地。可是老百姓又怎么样呢——“是岁江南旱，衢（qú）州人食人”！这个对比真是太强烈了。

《买花》一篇也运用了对比手法：“一丛深色花，十户中人赋。”（中人：中等人家。赋：赋税。）只两句，就点出一个令人深思的社会现象。

《新乐府》是白居易的另一组讽喻诗，共五十首。——《秦

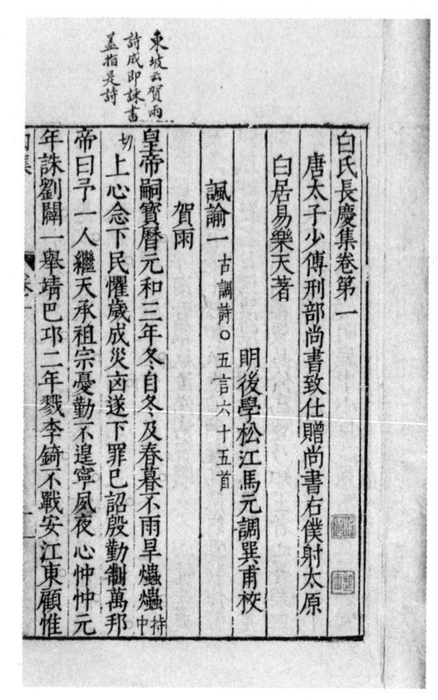

東坡云賀雨詩成即諫書蓋指是詩

白氏長慶集卷第一
唐太子少傅刑部尚書致仕贈尚書右僕射太原
白居易樂天著
明後學松江馬元調巽甫校
諷諭一 古調詩○五言六十五首
賀雨
皇帝嗣寳曆元和三年冬自冬及春暮不雨旱爞爞
上心念下民懼歲成災凶遂下罪己詔殷勤𠡠萬邦
帝曰予一人繼天承祖宗憂勤不遑寧夙夜心忡忡元
年誅劉闢一舉靖巴邛二年戮李錡不戰安江東顧惟

《白氏长庆集》书影

中吟》是五言体，《新乐府》却是七言体。但两者的主旨大体相似，多是同情百姓、揭露社会弊端的诗篇。

有一首《新丰折臂翁》，据诗人说是为“戒边功”而作。新丰县有位断臂老翁，已经八十八了，他的手臂竟是自己砸断的！原来天宝年间，统治者征兵讨伐云南，“千万人行无一回”。为了躲避兵役，当时只有二十四岁的他用石头生生砸断自己的手臂。诗的结尾点出主题：“天宝宰相杨国忠，欲求恩幸立边功。边功未立生人怨，请问新丰折臂翁！”

《杜陵叟》的主题则是“伤农夫之困”。有一年春旱秋寒，庄稼歉收。地方官吏却凶暴地向农民催讨赋税：“剥我身上帛，夺我口中粟，虐人害物即豺狼，何必钩爪锯牙食人肉！”后来皇帝知道灾情，下诏免征赋税。可是“十家租税九家毕，虚受吾君蠲免恩。”——“蠲（juān）免”是指君王发善心，免除百姓的租税徭役，然而人们看到的，恰恰是官吏的残暴、帝王的虚伪！

还有一首《上阳白发人》，对深锁宫中的宫女表示了极大同情。白居易的讽喻题材真是无所不在。

《卖炭翁》：心忧炭贱愿天寒

《新乐府》里最有名的，还要数《卖炭翁》：

卖炭翁，伐薪烧炭南山中。
满面尘灰烟火色，两鬓苍苍十指黑。
卖炭得钱何所营？身上衣裳口中食。
可怜身上衣正单，心忧炭贱愿天寒。
夜来城外一尺雪，晓驾炭车辗冰辙。
牛困人饥日已高，市南门外泥中歇。
翩翩两骑来是谁？黄衣使者白衫儿。
手把文书口称敕，回车叱牛牵向北。
一车炭，千余斤，宫使驱将惜不得。
半匹红绡一丈绫，系向牛头充炭直。

原来那个时候，宫中常常派人到市上强买物品，只是象征性给一点儿报酬，这种不公平的买卖叫“宫市”，白居易这首《卖炭翁》就是抨击宫市的。诗人用多一半篇幅描写了卖炭翁的辛苦和贫困，正是为了反衬宫市的不合理。“心忧炭贱愿天寒”一句绝好刻画了卖炭翁的可悲处境和矛盾心理。全诗没有一句公开的指责，可指责的意思却渗透在每一句里。

“新乐府”完全用通俗浅易的语言写成，这也是白诗的一大特点。传说白居易每写一首诗，总要念给老婆婆听。如果老婆婆听不懂，他就再三修改，直到听懂为止。

天涯沦落感《琵琶》

白居易任左拾遗的第三年，母亲去世了。守孝三年后重回朝廷，做了个陪太子读书的闲官。由于主持正义，他遭到政敌的诽谤，说什么：白居易的母亲是看花落井而死，他却写什么“赏花诗”“新井诗”，实在是不孝！就这样，白居易被贬为江州司马。

江州是个偏僻潮湿的地方，司马又是有职无权的闲官，白居易的心情糟透了。就在这儿，诗人写下著名的歌行体长诗《琵琶行》。

浔阳江头夜送客，枫叶荻花秋瑟瑟。
主人下马客在船，举酒欲饮无管弦。
醉不成欢惨将别，别时茫茫江浸月。
忽闻水上琵琶声，主人忘归客不发。
…………

一个秋夜，诗人在浔阳江头结识了一位弹琵琶的妇人。她原是长安有名的歌女，年长色衰，嫁给了商人。丈夫常年在外做生意，妇人被撇在这浔阳江头，独守空船。

诗人听了妇人的陈述，感慨万分，因为自己也是遭贬之人：“同是天涯沦落人，相逢何必曾相识？”——诗中描摹音乐的那段，历来为人称道：

移船相近邀相见，添酒回灯重开宴。
千呼万唤始出来，犹抱琵琶半遮面。

转轴拨弦三两声，未成曲调先有情。
弦弦掩抑声声思，似诉平生不得志。
低眉信手续续弹，说尽心中无限事。
轻拢慢捻抹复挑，初为《霓裳》后《六幺》。
大弦嘈嘈如急雨，小弦切切如私语。
嘈嘈切切错杂弹，大珠小珠落玉盘。
间关莺语花底滑，幽咽流泉冰下难。
冰泉冷涩弦凝绝，凝绝不通声暂歇。
别有幽愁暗恨生，此时无声胜有声。
银瓶乍破水浆迸，铁骑突出刀枪鸣。
曲终收拨当心画，四弦一声如裂帛。
东船西舫悄无言，唯见江心秋月白。

音乐本来是靠耳朵来听的，可诗人却能用文字把听音乐时的感受描画出来，既形象又贴切。像“大弦嘈嘈如急雨，小弦切切如私语”“大珠小珠落玉盘”“银瓶乍破水浆迸，铁骑突出刀枪鸣”“四弦一声如裂帛”等，都是绝妙的比喻。

《琵琶行》局部（王叔晖绘）

诗中还把音乐那忽快

忽慢、时高时低，时而消歇停顿、突然又奔放腾起的节奏表现出来，紧紧抓住读者的心。“千呼万唤始出来，犹抱琵琶半遮面”“此时无声胜有声”等诗句，也成了传世的名句。

在江州，白居易常跟好朋友元稹通信，讨论文学问题。在那封有名的《与元九书》中，他提出：“文章合为时而著，歌诗合为事而作。”也就是说：文学要跟上时代的脚步，要反映时事。信中还提出“诗者，根情、苗言、华声、实义”的见解，说情感是诗歌的根，语言是它的苗，音韵声调好比它的花，而教育意义则是它的果。——看得出来，诗人很重视诗歌的意义和效果。

白居易还在信中回顾两人诗歌唱和的情景，说某次春游，他们并马而行，各自吟诵所作律诗，一路二十多里路，“递唱不绝”。白居易说：“知我者以为诗仙，不知我者以为诗魔！”并解释说：“劳心灵，役声气，连朝接夕，不自知其苦，非魔而何？（花费心思，劳累嗓子，从早到晚，不觉辛苦，这不是着了魔又是什么？）”

白袍诗人，影响深远

此后，朝廷把白居易调回，专门负责为皇帝起草诏书。可朝廷上党争激烈，诗人不愿待在这个“是非窝”里，所以没过几年，便主动要求到杭州去。

在杭州任上，他兴修水利，治理西湖，还把杭州六口大井重新淘过，全城百姓都喝上了甜水。西湖上原有一条白沙堤，被百姓改称“白公堤”，用以纪念白居易对杭州做出的贡献。

晚年的白居易又回到洛阳，他常常身穿白袍，拄着竹杖，到风景清幽的香山寺去游玩，自号“香山居士”。有时则跟和尚一同乘了小船，一面烹茶煮饭，一面吟诗长啸，随波逐流。

白居易七十五岁辞世，就葬在洛阳龙门山。四方游人慕名前来凭吊，用酒祭洒，墓前好大一块地方常常湿漉漉的。

白居易一生诗文共有三千八百多篇。晚年时自己整理成《白氏文集》，共抄写了五份，分别藏在五处。至今白诗保存得最为完整，这跟白居易自己的整理和收藏大有关系呢！

白居易活着的时候，他的诗名已无人不晓。据诗人自述，从长安到江西三四千里，举凡乡校、佛寺、旅店、舟船，到处可见白诗题壁。从读书人到老百姓，乃至和尚、妇女，也常把白诗挂在嘴边。诗人走到哪儿，总有人指指点点地说：那就是《秦中吟》《长恨歌》的作者啊！甚至有歌伎夸口说：我能背诵白学士的《长恨歌》，岂能把我跟别的歌伎相提并论！

白居易

朝鲜的商人也到处搜求他的诗篇，据说拿回去卖给本国宰相，可获百金。日本的和尚还特地到苏州抄了一部《白氏文集》带回国去，如今成了日本国宝。

唐朝的皮日休、聂夷中、

陆龟蒙、罗隐、杜荀鹤，宋代的王禹偁（chēng）、梅尧臣、苏轼、陆游，直到清代的吴伟业、黄遵宪，都受过白居易诗风的影响呢。

“垂死病中忽坐起”

说白居易，不能不提他的好朋友。元稹（779—831）是北魏拓跋氏后裔，自幼丧父，靠着苦读成才。他跟白居易一道登科，成为挚友，一时并称“元白”。两人的诗又号“元和体”“长庆体”，因那时正是唐代元和、长庆年间。两人的诗集分别命名《白氏长庆集》和《元氏长庆集》。

元稹

相传有一回白居易与朋友同游长安慈恩寺，忽然想到出差在外的元稹，于是写诗说：“忽忆故人天际去，计程今日到梁州。”——梁州即陕西汉中，距长安五六百里。不久他接到元稹的诗，说正是那一天，梦见跟白居易同游慈恩寺，醒来后“忽惊身在古梁州”。

元稹曾因得罪宦官被贬到通州（在今四川达州），病中听说白居易也遭到贬谪，心中悲愤，写下《闻乐天授江州司马》：

> 残灯无焰影幢幢，此夕闻君谪九江。
> 垂死病中惊坐起，暗风吹雨入寒窗。

看得出来，元、白不仅是诗朋文友，又是心灵相契的兄弟，生死莫逆！

元稹也写乐府诗，有《新题乐府》十二首。其中《织妇词》《田家词》都很有名。不过人们更喜欢他的悼亡诗《遣悲怀》，那是为亡妻而作，共三首。听听这一首：

> 谢公最小偏怜女，自嫁黔娄百事乖。
> 顾我无衣搜荩箧（jìnqiè），泥（nì）他沽酒拔金钗。
> 野蔬充膳甘长藿，落叶添薪仰古槐。
> 今日俸钱过十万，与君营奠复营斋。

诗人的妻子生前跟着他过尽苦日子，如今诗人做了高官，“俸钱过十万”，妻子却再也不能一同享受了，诗人内心的悲痛、愧疚是可想而知的。——对了，元稹还写过一篇著名的传奇小说《莺莺传》，后面还要介绍。

“新乐府”新在哪儿

“爷爷，白居易的诗，为什么叫‘新乐府’啊？”沛沛问。

爷爷说："这还得从汉乐府说起。咱们知道，汉乐府是要配乐歌唱的，乐谱题目有'行路难''将进酒''梁父吟'等。汉以后，还有人不断模拟乐府旧题写诗。到了中唐前后，乐府诗再度兴起，不过这时的作品已不再入乐，诗人除了沿用旧题，还喜欢另立新题，所以有'新题乐府'或'新乐府'之称。

"'新乐府'的源头还要追溯到杜甫，他的《丽人行》《兵车行》《悲陈陶》《哀江头》《哀王孙》等，便都是另创新题，却又继承了乐府诗关注时事的精神。后经白居易、元稹、李绅等人的积极提倡，新乐府的创作在中唐成了气候，参与者还有张籍、王建等。

"读读张籍（约767—约830）的《牧童词》，诗中的小牧童向牛吆喝：'牛牛食草莫相触，官家截尔头上角！'牛啊，好生吃草，不要乱顶，否则官家要把你的角截掉！——在牧童心中，'官家'是个多么可怕的字眼儿！

"张籍最崇拜杜甫，他曾把一卷杜甫诗烧成灰，拌上蜜，不时吃一点儿，说：让我的肝肠也变一变吧！

"王建（约767—约830）的诗跟张籍齐名，世称'张王乐府'。他对特权者的揭露十分大胆。如《羽林行》斥责侍卫皇帝的羽林军，说他们本是'长安恶少'，'楼下劫商楼上醉'，'百回杀人身合死'；可是皇帝一道赦书就赦免了他们，改名换姓，仍回羽林军中，'立在殿前射飞禽'，依然那么逍遥自在！

"至于'新题乐府'这个名称的发明者，是李绅（772—846），可惜他的《新题乐府》二十首已经失传，只残存了《悯农二首》：

春种一粒粟，秋收万颗子。
四海无闲田，农夫犹饿死。

锄禾日当午，汗滴禾下土。
谁知盘中餐，粒粒皆辛苦！

这两首，连幼儿园的孩子都会背诵。”

第22天

『文起八代之衰』的韩愈

附孟郊、贾岛

魏征《十思疏》，韩愈“道统”论

沛沛正听得津津有味，爷爷已经在收拾茶具了。

沛沛抓空儿问道：“您介绍的多半是初唐的诗歌，初唐的散文又怎么样呢？”

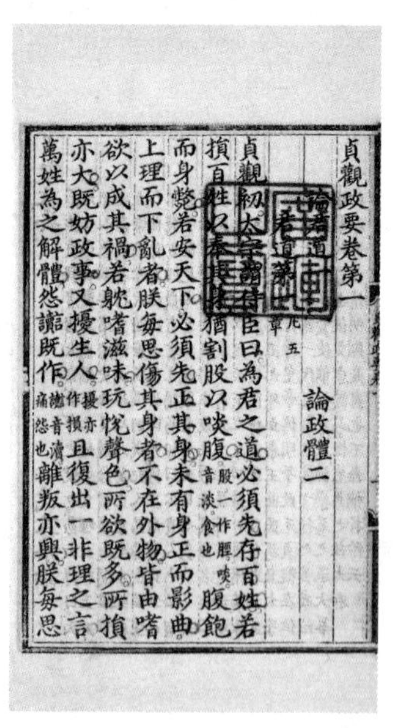

貞觀政要卷第一

論君道第一 凡五章

論政體二

貞觀初太宗謂侍臣曰為君之道必須先存百姓若

損百姓以奉其身猶割股以啖腹腹飽 股一作脛 啖音淡食也

而身斃若安天下必須先正其身未有身正而影曲

上理而下亂者朕每思傷其身者不在外物皆由嗜

欲以成其禍若躭嗜滋味玩悅聲色所欲既多所損

亦大既妨政事又擾生人 擾亦作損 且復出一非理之言

萬姓為之解體怨讟既作 讟音瀆痛怨也 離叛亦興朕每思

《贞观政要》记录了唐太宗与魏征等人有关治国理政的对话

“初唐时的散文还不很时兴，人们写文章，总还受着六朝骈体的影响。有名的文章，也以骈体居多，像前面提到的《滕王阁序》《为徐敬业讨武曌檄》等。

“这里再举一篇《谏太宗十思疏》，作者魏征是唐代名臣，曾任谏议大夫。这是一篇奏疏，疏中劝太宗做事情要考虑它的后果：‘见可欲，则思知足以自戒；将有作，则思知止以安人。’就是说：看见喜欢的东西，就应想到人应知足，以此警诫自己；想要大兴土木，就该想到要适可而止，别折腾百姓。

“因疏中一连提出十件值得深思的事，因此叫‘十思疏’。里面还引荀子的话‘水能载舟，亦能覆舟’，说老百姓像是水，可浮起船，也可以把船打翻。这话等于给唐太宗敲了警钟。——奏疏是臣子写给君王陈述意见的一种应用文体，从所引这几句看，仍带着骈俪的味道。”

沛沛想了想，说：“骈俪风格的文章好是好，就是不易创作，像是戴着镣铐跳舞似的。”

爷爷笑了：“这话说到点子上了。唐代有位大文学家韩愈就是这么想的。——你听说过‘唐宋八大家’的提法吧？八大家里属于唐代的有两位，是韩愈和柳宗元。两人都是写文章的好手，他们掀起的‘古文运动’，使唐代的文风为之一变！

“怎么叫‘古文’呢？那是指奇（jī）句单行、不讲对偶声律的散体文，跟‘古文’相对的是‘时文’，也就是当时流行的‘骈体文’。

“韩愈崇尚孔孟之道，曾写过一篇《原道》，提出‘道统’的说法。他说儒家思想的发展有一条红线，按（唐）尧、（虞）舜、（夏）禹、（商）汤、（周）文、（周）武、周公、孔（子）、孟（子）的顺序传下来的，韩愈自己也是‘线上人’，继承孔、孟，属于儒学正宗。

“他还说，继承儒学，就要读儒家的经典。你看，《尚书》《左传》《论语》《孟子》，全是用‘古文’撰写的，并不讲什么骈俪、声律，而尊崇古道，当然也要学写古文啦！——韩愈倡导古文，还有理论根据呢。

"韩愈的才华帮了他大忙，他的古文写得那么精彩动人，整个文坛都被他折服了。追随他的人越来越多，又有像柳宗元那样的出色文学家与他相呼应，古文终于压倒骈文，得到了社会的承认。

"韩愈的儒家'道统'之说后来被宋代的程朱理学所继承，韩愈的影响，远不止对古文的提倡呢！"

宦海生涯，起起落落

韩愈（768—824）字退之，郡望是昌黎，世称"韩昌黎"；因为做过吏部侍郎，又称"韩吏部"；死后谥"文"[谥（shì）：古代帝王、大官死后给予的称号]，又尊称他为"韩文公"。

韩愈

韩愈的父亲也做过官，跟李白、杜甫还有过交往，只是在韩愈三岁时就去世了。韩愈是跟着哥哥、嫂子长大的。后来哥哥也故去了，是嫂子拉扯着他和小侄子，南来北往觅食，着实不易。

即使在最困难的时候，韩愈的兄嫂也没放松对幼弟的教育。韩愈七岁开始读书，十三岁已能写文章。十九岁那年，他告别嫂子到长安应试。可是事情并不顺利，连考四回，才考中进士。

为了生活，有一段时间他跑去给节度使当幕僚，替人家写写公文什么的。业余时间，他潜心研究古文的创作之道，乐此不疲。

宦海浮沉，韩愈有得意的时候，也有倒霉的当口。唐宪宗崇信佛教，元和年间曾把法门寺中的佛骨迎入皇宫供奉。一时之间朝野掀起礼佛热潮。韩愈却偏偏唱反调，写了一道《论佛骨表》，把佛教说成野蛮人的礼法不算，还说历代信佛的君主没一个长寿的——这下子可犯了帝王的忌讳：这不是诅咒皇帝吗？宪宗皇帝大怒，非要处死他不可。幸亏同僚替他讲情，他才免于一死，被贬到潮州做刺史。

宪宗死后，韩愈又被召回京师，先是做国子祭酒——那职位相当国立大学校长，以后又调任兵部侍郎。在兵部侍郎任上，韩愈干了一件很有光彩的事，足以证明他的勇气和才能。

原来，成德节度使田弘正被部将王庭凑杀死。王庭凑还出兵包围了深州，以武力逼迫朝廷给自己加官晋级。朝廷把这件棘手的事交给韩愈办理。

韩愈独自闯进王庭凑军中，从容镇定地跟士兵们辩论，把剑拔弩张的士兵说得心服口服，最终迫使王庭凑撤走军队，解了深州之围。回朝以后，他受到重用，相继被任命为吏部侍郎、京兆尹兼御史大夫等职。韩愈做京兆尹时，连平日最爱闹事的驻军都不敢犯法，私下警告说：这位长官连佛骨都敢烧，谁敢惹他？

不过韩愈此时已五十多岁，身体多病。不久就辞官还乡，五十七岁那年与世长辞。

剖析“师道”，呼唤伯乐

韩愈崇尚儒家，但对墨家、法家也不排斥。他反对迷信佛教，同时又相信天命鬼神。他不满朝廷中的改革派，但在反对宦官专权、军阀割据等方面，又跟改革派意见一致。他才气过人，见解独到，个性极强，魄力很大，自信中带着点儿狂妄。

本来嘛，韩愈提倡古文，几乎是以个人的力量跟整个传统势力抗争，没有一点儿狂劲儿怎么行！他的文章有了名气，便有许多人来向他求教，他毫不谦让，有求必应，给人家点拨指导。于是一些士大夫便嘲笑他“好为人师”。——这些士大夫出身高贵，自以为了不起，是从来不肯向别人学习的。

为了反驳他们，韩愈写了那篇著名的《师说》。文章一开头就指出：“古之学者必有师。师者，所以传道授业解惑也。”——自古以来从事学习的人都要有老师，老师是负责传授大道、教授学业和解答疑难问题的。明摆着，谁能没有疑难困惑呢？因此人人都需要老师。

那么什么人可以做“师”呢？韩愈说：“道之所存，师之所存也。”就是说，不管年龄大小、身份贵贱，只要掌握了“道”，就有做“师”的资格。

接着，作者感叹古代从师尊师的好传统没能继承下来。还做对比说：有人爱儿子，知道请个老师教他识文断句；可自己在人生道理上有了困惑，却不肯虚心向老师请教，这不是糊涂吗？又说：“巫医乐师百工之人”还懂得相互拜师求艺呢，“士大夫之族”反而不懂这个道理。这些“君子”的智慧，连匠人们都不如啊！

作者最后总结说：学生不一定比老师差，老师也不一定要比学生高明，掌握“道”的时间有早有晚，各种学问也有在行不在行的，因此大家在某一方面相互学习，拜师求教，完全是天经地义的。

针对一些人的毁谤，韩愈还写了一篇《原毁》。“原毁”就是探究毁谤者心理的意思。

文章把“古之君子”和“今之君子”做了比较。说古之君子要求自己很严格，对待别人却是很宽容。“今之君子”呢，总是责备别人这儿不好那儿不行的，对待自己却挺能将就。——什么缘故呢？一是懒惰，二是忌妒。看到别人比自己强，不肯努力赶上去；又忌妒人家超过自己，于是只有拿毁谤的看家本领对付人家喽！

韩愈的论说文逻辑严密、层次分明，有论证，有例子，语言也极为精练。像《师说》《原毁》，都不足千字，有一篇题为《杂

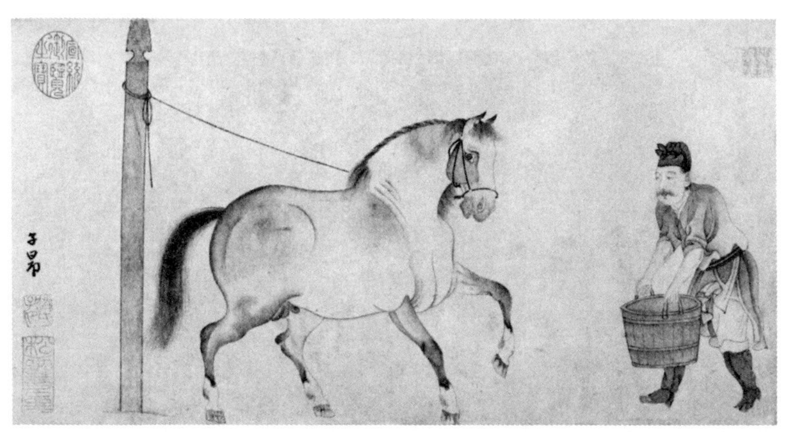

食不饱，力不足，才美不外见（元赵孟頫绘）

说》的文章，只有一百五十字，却把识别人才、爱护人才的道理，讲得十分透彻。

《杂说》以马为喻，说世上的千里马很多，只是善于识别千里马的伯乐太少了。结果喂马的人拿千里马当寻常的马来喂养，“食不饱，力不足，才美不外见”，又怎么能日行千里呢？

业精于勤，不平则鸣

说到底，韩愈就是一匹不被人重视的千里马。他这一辈子是够坎坷的，当国子博士的时候，吃饭要搭着野菜，孩子念书买不起书本，妻子也饿得瘦骨伶仃的。有一篇《进学解》，就是他任国子博士时写的，以自嘲的口吻，把自己一肚子牢骚都倾倒出来。

文章一开头，写国子先生晨入太学，召集他的学生们到馆舍前训话说：“业精于勤，荒于嬉；行成于思，毁于随。”——学业的精进在于勤奋，吊儿郎当就会导致荒疏；德行的成就在于

《进学解》中的话，被后人当作鞭策学习的警句

独立思考，一味人云亦云，就会导致败坏。国子先生要大家努力攻读，别担心前途，说是主管部门公正廉明，品学兼优的不愁没出路。

话还没说完，就有人笑着搭腔说："先生欺余哉！……"发言的是个学生。他用先生自己的遭遇，来反驳先生的教诲，滔滔不绝地数说了国子先生治学的辛劳、学识的渊博、为人的正直，可如今又怎么样？

> 然而公不见信于人，私不见助于友。跋前踬后，动辄得咎。……冬暖而儿号寒，年丰而妻啼饥。头童齿豁，竟死何裨。不知虑此，而反教人为？

这里描画的，正是韩愈自己的可悲处境！字面上不乏幽默诙谐的意味，内中却透出作者怀才不遇的悲辛。

这篇《进学解》是以赋体写成的，采用的主客问答形式，也是从东方朔《答客难》、扬雄《解嘲》中借鉴来的。句子以四字居多，并且全篇用韵，读起来抑扬有致，朗朗上口。

韩愈最擅长"自铸伟词"，强调"唯陈言之务去"（坚决去除陈词滥调），《进学解》正是这方面的典范。文中单是自创的词语，就有"贪多务得""细大不捐""佶屈聱牙""含英咀华""同工异曲""动辄得咎""兼收并蓄"等七八个，后来全成了熟在人口的成语。

另有一篇《送穷文》，跟《进学解》的主题类似，也是以玩笑的笔触，写出作者心中的牢骚，可以看作"不平之鸣"吧。

“不平之鸣”的论点，是韩愈在《送孟东野序》中提出来的。孟东野即诗人孟郊，跟韩愈挺有交情。他外出做官，韩愈写文送他，借题发挥地谈起文学创作来。他说：

> 大凡物不得其平则鸣：草木之无声，风挠之鸣；水之无声，风荡之鸣 。……人之于言也亦然：有不得已者而后言，其歌也有思，其哭也有怀，凡出乎口而为声者，其皆有弗平者乎？

文学是人们不平情绪的发泄，这一点说得十分有道理。那么当权者应当怎样对待有才华的人？是“将和其声而使鸣国家之盛”（使他们声音和谐地歌颂国家的兴盛）呢，还是“穷饿其身，思愁其心肠，而使自鸣其不幸”（使他们穷困饥饿，心情愁苦，为自己的不幸悲歌）呢？——韩愈在文章末尾，提出了这个严肃的问题。

叙事学《史记》，议论笔如刀

韩愈写论说文最拿手，而他的叙事文照样写得那么漂亮。有一篇《张中丞传后叙》，是他读了李翰所作的《张巡传》以后所写。

张中丞即张巡，是安史之乱中著名的平叛英雄。他跟许远一同坚守睢阳好几个月，城破不降，壮烈牺牲。韩愈在《后叙》中除了替许远洗刷人们对他的误解，还补充了一些传记中没提到的事实。张巡部将南霁云向河南节度使贺兰进明求救的那段，写得最为生动：

> 南霁云之乞救于贺兰也，贺兰嫉巡、远之声威功绩出己上，不肯出师救。爱霁云之勇且壮，不听其语，强留之。具食与乐，延霁云坐。霁云慷慨语曰："云来时，睢阳之人不食月余日矣。云虽欲独食，义不忍！虽食，且不下咽！"因拔所佩刀，断一指，血淋漓，以示贺兰。一座大惊，皆感激为云泣下。云知贺兰终无为云出师意，即驰去。将出城，抽矢射佛寺浮图，矢着其上砖半箭，曰："吾归破贼，必灭贺兰，此矢所以志也！"——愈贞元中过泗州，船上人犹指以相语。……

作者用了不到二百字，就描绘出一位慷慨壮烈的英雄形象，令人肃然起敬。文中的人物刻画，很有太史公笔意，显然是向《史记》学习的结果。

有时，韩愈还喜欢在叙述中夹着议论。他给好朋友柳宗元写墓志铭，当写到柳宗元在患难中不抛弃朋友时，笔锋一转，发了一通感慨：

> 呜呼，士穷乃见节义！今夫平居里巷相慕悦，酒食游戏相征逐，诩诩强笑语以相取下，握手出肺肝相示，指天日涕泣，誓生死不相背负，真若可信；一旦临小利害，仅如毛发比，反眼若不相识。落陷阱，不一引手救，

反挤之，又下石焉者，皆是也。此宜禽兽夷狄所不忍为，而其人自视以为得计，闻子厚之风，亦可以少愧矣！

（《柳子厚墓志铭》）

在这里，韩愈把那些势利小人形容得穷形尽相。作者正是用他们的卑鄙猥琐，衬托出柳宗元的高风亮节。

韩愈的祭吊文章中还有不少散文名作。如《祭十二郎文》是悼念他的侄子的。他与十二郎虽为叔侄，但年龄相近，更像亲哥儿俩。结果，侄子反死在叔叔前头，怎能不让韩愈伤心欲绝？他一反写祭文的规矩，不用四六文，而用散文。那口气就像跟死者当面叙谈，东一句西一句的，看上去絮絮叨叨，可没一句不是发自肺腑、痛彻心脾！

文起八代之衰

韩愈的诗风也自成一格，代表作有《山石》《调张籍》《赴江陵途中寄赠三学士》《八月十五日夜赠张功曹》等，大多是古体。近体诗有一首著名的七律《左迁至蓝关示侄孙湘》：

一封朝奏九重天，夕贬潮阳路八千。
欲为圣明除弊事，肯将衰朽惜残年！
云横秦岭家何在，雪拥蓝关马不前。
知汝远来应有意，好收吾骨瘴江边。

韩愈曾上《论佛骨表》，引得宪宗大怒，把他贬为潮州刺史。这是韩愈走到蓝田关时所作。当时恰逢他的侄孙赶到，韩愈情绪沉痛，认为此去九死一生，因而把后事托付给他。不过即便在这时候，韩愈依然不肯低头，并说出“欲为圣明除弊事，肯将衰朽惜残年”的话，意思是：为了替皇上铲除弊政，我这把老骨头豁出去啦！

韩愈还有一首为人熟悉的小诗《早春呈水部张十八员外》：

天街小雨润如酥，草色遥看近却无。
最是一年春好处，绝胜烟柳满皇都。

这首小诗自然清新，在韩愈那些雄健的诗文中，别具一格。“草色遥看近却无”的景色人人都见过，可只有韩愈把它写进诗中，不由得让人叫绝。

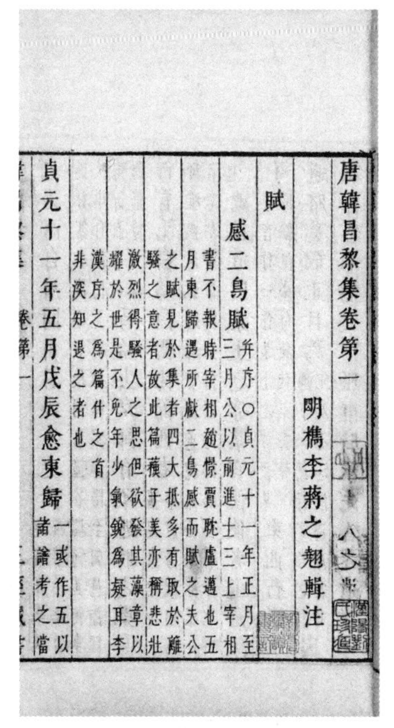

唐韓昌黎集卷第一
明檇李蔣之翹輯注
賦
感二鳥賦 幷序○貞元十一年正月至三月公以前進士三上宰相書不報時宰相趙憬賈耽盧邁也五月東歸遇所獻二鳥感而賦之夫公之賦見於集者四大抵多有取於離騷之意者故此篇蘊子美亦稱悲壯激烈得騷人之思但欲發其藻章以耀於世是不免年少氣銳爲疑耳李漢序之爲篇什之首非深知退之者也
貞元十一年五月戊辰愈東歸 一或作五以諸譜考之當

《韩昌黎集》书影

对韩愈的诗，人们评价不一。有人说，韩愈是“以文为诗”，只是些押韵的散文，缺少诗味。也有人认为，韩愈的诗奇特雄伟，光怪陆离，他为诗歌创作开创了一条新路。

不过历代对韩愈古文的评价却是一致的。有人把他的文章跟诗圣杜甫的诗歌并列起来，称作“杜诗韩笔”。苏轼对他评价更高，说他“文起八代之衰”！——从汉至隋的八个朝代中，文风衰靡，一天不如一天，唐代韩愈一出，一扫八代衰靡文风，使古文得以振兴。

韩愈在文学史上的位置，难以替代。人们把由韩愈和柳宗元倡导的这次文学革命，称为“古文运动”。

“郊寒岛瘦”苦推敲

“讲韩愈，不能不提的两位亲密朋友，”爷爷接着说，“一位是孟郊（751—814），韩愈那篇《送孟东野序》就是为他而作。两人诗风相近，世称‘韩孟’。韩愈对孟郊的诗很推崇，说是‘横空盘硬语’，又说‘天葩吐奇芬’。

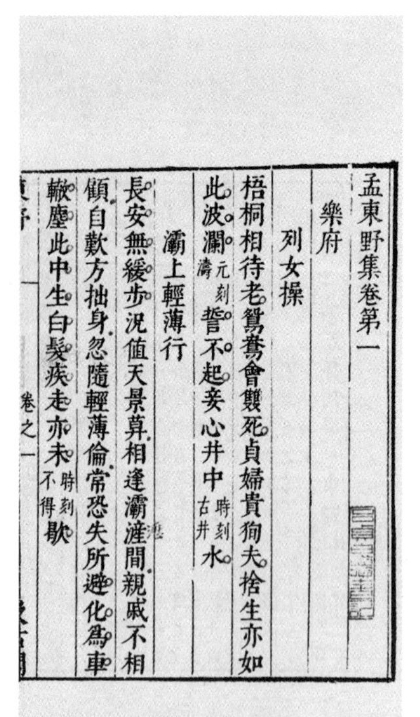
孟東野集卷第一

樂府

列女操

梧桐相待老鴛鴦會雙死貞婦貴狥夫捨生亦如此波瀾（元刻濤）誓不起妾心井中（時刻古井）水

灞上輕薄行

長安無緩步況值天景暮相逢灞滻間親戚不相顧自歎方拙身忽隨輕薄倫常恐失所避化爲車轍塵此中生白髮疾走亦未（時刻不得）歇

《孟东野集》书影

“确实，孟诗的特点是瘦硬奇警。他是一位苦吟诗人，没有警句就不肯下笔。有时为了作诗，连公务都忘记了，还因此被罚过薪俸呢！由于他吟诗太苦，后人称他为‘诗囚’。

“不过孟郊也有很平易的诗，像《游子吟》:

慈母手中线，游子身上衣。
临行密密缝，意恐迟迟归。
谁言寸草心，报得三春晖？

孟郊这首情真意切的诗，千百年来被人们传诵不绝。——孟郊中进士后，曾有两句诗形容当时的心情：‘春风得意马蹄疾，一日看尽长安花！’（《登科后》）那一年他已四十六岁，困顿半生，终于出头，能不激动吗？可惜后来只做了几任小官，并不如意。

“另一位诗人是贾岛（779—843），他早年出家为僧，后来还俗，屡试不第，晚年任长江主簿，人称‘贾长江’。他也是苦吟类型的，诗风与孟郊相近，人称‘郊寒岛瘦’。

“贾岛有一联诗‘独行潭底影，数息树边身’，据他自己说，是‘二句三年得，一吟双泪流！’——三年才吟妥两句诗，这功夫下得够苦的！

“据说有一回贾岛骑在驴背上得到两句诗：‘鸟宿池边树，僧推月下门。’可是用‘推’好呢，还是用‘敲’好呢？就这么低着头，做着推和敲的手势，闯进一位官员的仪仗队里。

“这位官员就是韩愈。他挺喜欢这位认真的诗人，便给他出主意说：还是‘敲’好。这么一来，两人竟成了朋友。——‘推敲’这个词儿，就是这么产生的。贾岛也因吟诗太苦，得了个别号，叫‘诗奴’。

“贾岛的诗倒并不枯涩。像这首《寻隐者不遇》：

松下问童子，言师采药去。
只在此山中，云深不知处。

简直就是白话。还有一首《剑客》:

十年磨一剑，霜刃未曾试。
今日把示君，谁有不平事？

看来，贾岛并不是只会低头吟诗的老夫子，从这首诗里，你可以觉察到诗人内心的磊落不平之气！

“贾岛很重视自己的诗作，每年除夕都把全年所作的诗拿出来，打酒买肉祭祀一番，说是这些诗让我费尽心思，就来补偿一下吧——也不知他是祭诗歌，还是犒劳自己！”

第23天

柳宗元与『永州八记』

一首诗认识柳宗元

爷爷坐进藤椅，酝酿一会儿情绪，用一种半吟半唱的形式背诵一首诗：

城上高楼接大荒，海天愁思正茫茫。
惊风乱飐（zhǎn）芙蓉水，密雨斜侵薜（bì）荔墙。
岭树重遮千里目，江流曲似九回肠。
共来百越文身地，犹自音书滞一乡！

“这是谁的诗，这么伤感？”沛沛问。

“是柳宗元的七律《登柳州城楼寄漳汀封连四州刺史》。——柳宗元跟韩愈同朝为官，他因积极参与朝中的革新运动而遭到打击排挤，被贬为柳州刺史。柳州即今天的广西柳州，那里是号称‘百越’的岭南少数民族地区，远离中原文明，极为偏远荒凉，百姓多以文身为美。

山西永济柳宗元塑像

“一天，柳宗元爬上

柳州城楼，正值风雨袭来，在恶劣的天气里，面对岭树江流，诗人心情愤懑，于是写下这首诗，寄给跟他一同贬官到漳、汀、封、连四州的四位朋友。

“柳宗元跟韩愈的政治见解不尽相同，可两人却是文学上的同道，一南一北，共同推动了‘古文运动’的发展。他们的人生经历，又都是那么坎坷不平。不过相比之下，柳宗元的境遇比韩愈悲惨得多。他的两句诗‘一身去国六千里，九死投荒十二年’（《别舍弟宗一》），正是他悲惨遭遇的写照！”

驳议复仇，辩才出色

柳宗元（773—819）字子厚，祖籍山西——那里古称河东，故人们又称他“柳河东”，日后做过柳州刺史，因而又称“柳柳州”。

柳宗元自幼聪明过人，他爹在外做官，家中由母亲督促他学习。这位母亲很了不起，家中缺少书籍，母亲硬是凭记忆默写出十几篇古人辞赋，供儿子研习背诵。到了十三岁，柳宗元的文章已经小有名气。

柳宗元二十一岁考中进士，二十六岁时又考取博学宏词科。此后五六年里，他大都在朝廷做官。

这位年轻人知识渊博，才华横溢，喜欢跟人辩论，常常把对方说得心服口服。大家钦佩他，连老资格的官僚们也争着结交这个前途无量的年轻同僚。

那时韩愈正在积极倡导古文，他把柳宗元引为知己。柳宗元的古文写得很漂亮，这一时期的名篇有《驳复仇议》《种树郭橐（túo）驼传》和《梓（zǐ）人传》等。

《驳复仇议》讨论的是一件陈年旧案：武则天当政时，平民徐元庆的爹爹被姓赵的县尉杀死。徐元庆替父报仇，又杀了赵县尉，然后投案自首。当时的谏官陈子昂建议杀掉徐元庆，再表彰他能尽孝道。柳宗元对这个历史案件的处理提出了不同的看法。

他在文章中说，如果徐元庆的爹爹没罪，赵县尉杀他只是为了泄私怨，而上级官吏又官官相护，不能替徐家申冤，那么徐元庆杀死赵县尉本是合乎礼法的行为，谢他还来不及呢，干吗还要杀他？

反过来，如果徐元庆的爹爹有罪，赵县尉杀他是依法办事，那么徐父是死于法律。法律是可以仇视的吗？仇视天子的法律，又杀害执法的官吏，这是犯上作乱啊，理当依法处斩，干吗还要

柳宗元故里山西永济

表彰他呢？——柳宗元说的一点儿不错。他那清晰的头脑，出色的论辩能力，在这篇文章里得到充分展示。

《种树郭橐驼传》和《梓人传》都是寓言式的，分别借着一位种树的园丁和一位建筑师的举止言谈，来说明治国理政的大道理。

郭橐驼是个驼背人，可他种树确实有一手，无论什么树，到他手里，准保枝繁叶茂、果实累累。他的经验就是“能顺木之天，以致其性焉尔”——顺着树木的天性，让它自然生长。

可当官儿的就不懂这个道理。郭驼橐说：

> 然吾居乡，见长人者好烦其令，若甚怜焉，而卒以祸。旦暮吏来而呼曰：“官命促尔耕，勖尔植，督尔获，蚤缫而绪，蚤织而缕，字而幼孩，遂而鸡豚。”鸣鼓而聚之，击木而召之。吾小人辍飧饔以劳吏者，且不得暇，又何以蕃吾生而安吾性邪？故病且怠。

官吏们（“长人者”）貌似关爱百姓，可是他们专爱瞎指挥，整天发号施令：该耕田啦，该下种啦，该缫丝啦，该纺线啦！还教百姓怎么养孩子、喂鸡猪……没事就敲鼓打梆子，招呼百姓听他们瞎掰扯。为了招待他们，百姓饭都吃不踏实，又如何能安居乐业？

柳宗元最后说：“不亦善夫！胥问养树，得养人术！”——这不挺好吗？问养树的事，却得到治民的道理。其实文章的主旨，就是探讨“养人术”啊！

悲悯说《捕蛇》，慷慨论“公仆”

柳宗元对民间疾苦了解得越清楚，越感到有改革的必要。很自然的，他加入到主张革新的王叔文集团中去。这个政治集团当时正受顺宗皇帝的信任，积极推行革新措施，像禁止宫市啊，减免百姓拖欠的赋税啊，等等，还想把兵权从宦官手里夺回来。

这一来可惹恼了大宦官、大官僚。他们先是逼着身染重病的顺宗退位，又对王叔文集团开刀。除了两位领袖王叔文、王伾遭殃，积极参与改革的柳宗元、刘禹锡等八位官员，也被贬到边远州郡去做司马，史称“二王八司马”。

柳宗元这一年三十三岁，被贬永州（今湖南零陵），那里极为偏远荒凉。到任的第二年，老母亲就因水土不服、缺医少药去世了。这时，王叔文已被朝廷处死，可反对派仍不肯放过柳宗元，不断地造谣中伤，连亲友们也不敢理睬他。他的身体也一天比一天糟，可他并没有屈服！

司马是个有职无权的闲官，柳宗元正好趁这个机会好好读读书。这一时期，他写了不少诗文，著名散文有《捕蛇者说》《三戒》《送薛存义序》《段太尉逸事状》，还有《非国语》《天问》《天对》等。另一类则是山水游记，那是柳文中最有特色的部分。

《捕蛇者说》记述了这么一件事：永州郊外有一种怪蛇，黑地儿白花，有剧毒，人被它咬了就活不成。可是把它捉来晒成干儿，又是一味良药。朝廷因此要求永州每年进贡两条。于是州里规定，谁能捉来蛇，便可以免交赋税。

有个姓蒋的，一家三代靠捕蛇为生。柳宗元问到他时，他凄凄惨惨地说：我爷爷是被蛇咬死的，我爹也死在这上头。我呢，也是九死一生啊！——可是柳宗元说要给他换个差事，他竟急得哭起来。

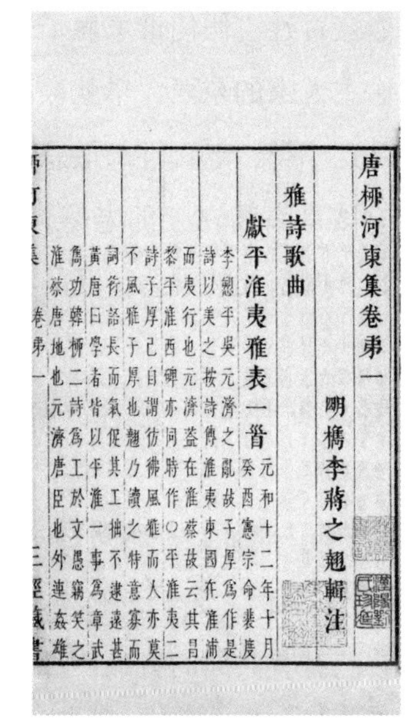
唐柳河東集卷弟一
明檇李蔣之翹輯注
雅詩歌曲
獻平淮夷雅表一首 元和十二年十月癸酉憲宗命裴度
李愬平吳元濟之亂故子厚爲作是
詩以美之按詩傳淮夷東國在淮浦
而夷行也元濟盜在淮蔡故云其昌
黎平淮西碑亦同時作○平淮夷二
詩子厚己自謂彷彿風雅而人亦莫
不風雅子厚也翹乃讀之特意寡而
詞衍語長而氣促其工拙不逮遠甚
黃唐曰學者皆以平淮一事爲章武
爲功韓柳二詩爲工於文愚竊笑之
淮蔡唐地也元濟唐臣也外連姦雄

《柳河东集》书影

原来，当个捉蛇人固然有危险，可是做个交纳赋税的老百姓，命运就更悲惨：蒋家务农纳税的老邻居们，如今已经十不剩一了，不是死光了，就是逃走了，只有蒋家靠着捉蛇存活下来。——姓蒋的说得好：自家的危险一年只有两回，而官吏们天天来催逼赋税，乡亲们可是天天在死亡线上挣扎呢！

柳宗元听了，感到由衷悲哀：“呜呼！孰知赋敛之毒，有甚是蛇者乎？”——唉，谁料赋税的毒害，竟比毒蛇还要厉害！

此文写得极有章法：作者极力渲染毒蛇之毒，是为了烘托捉蛇的危险，而烘托危险又是为了反衬农民们更加悲惨的命运！身在逆境的柳宗元一天都没有忘记百姓，看得出来，他是封建官吏中开明而有良心的那一类。

人们今天称官员为“公仆”，这个概念，柳宗元早就提出过。在《送薛存义序》里，柳宗元就说：官吏是拿了老百姓的钱，为老百姓办事的；但今天的官吏拿了钱不办事还不算，还要盘剥、偷盗百姓。假使谁家雇了个仆人，拿了工钱却不认真干活儿，还偷主人家的东西，早就被主人赶跑啦！可惜如今遍天下的官吏都是这一类，老百姓却敢怒而不敢言，这太悲哀啦！——当官的不应该是高高在上的老爷，而应当像仆人服侍主人一样对待老百姓。柳宗元的观念，真的十分超前！

寓言刺丑类，史笔赞贤良

《三戒》是一组短篇寓言故事，共有三篇：《临江之麋（mí）》《黔（qián）之驴》和《永某氏之鼠》。三篇中的主角都是动物，它们有着共同的特点：没有真本事，没有自知之明，只凭外貌或借助外力得逞于一时，最终都没有好下场。

像《黔之驴》吧，说的是贵州没有驴子，有位好事者运去一头，放牧在山下。老虎头一回见到这个大家伙，很害怕，不敢靠近。一次驴子大叫一声，老虎吓得望风而逃。可是一来二去的，老虎发觉这个“庞然大物”也没啥了不起，至多只是叫两声、踢踢腿而已。老虎一旦认清驴子的真面目，便老实不客气地扑上去，把它吃掉了。——有人说，柳宗元这是借题发挥，讽刺朝中那些貌似强大、猖狂一时的保守派官僚呢！

柳宗元的人物传记也写得十分生动，有一篇《段太尉逸事状》，记述了太尉段秀实的几件逸事。其中一件讲到段秀实在泾州做刺史时，曾果断地杀掉十几个祸害百姓的兵痞，结果当地驻军骚动起来，军事长官也束手无策。

关键时刻，段秀实解下佩刀，只带一个牵马老兵来到兵营，面对全副武装的激愤士兵，从容地说："杀一老卒，何甲也？吾戴吾头来矣！"（杀我这样一个老卒，何必还披盔戴甲？我带着脑袋自己送上门来了！）士兵们一下子被他震慑住了。段秀实乘机做了长篇演讲，晓以利害，说得将士连连点头。当夜，段秀实就睡在兵营里。就这样，一次迫在眉睫的兵变被化解了，地方治安也得到整治。

文章不但生动刻画了这位可敬人物，还从侧面反映了军阀、豪卒的蛮横骄纵，揭示了藩镇割据带来的祸患。柳宗元写这些，是为了给史官做参考，好让忠臣贤士能名垂青史。

另有一篇《童区寄传》，同样是传记文学的名篇。文中记述一名十一岁的小英雄区寄，连杀两名豪贼，终于逃脱虎口的故事。文章写得生动曲折，活像一篇惊险小说。

"永州八记"，记游名篇

柳宗元的山水游记成就最高，代表作当数"永州八记"。

永州虽然地处荒僻的湘西南，可那儿的风景却出奇地好。柳宗元一有空闲就东游游，西走走，带着朋友和仆人爬高山、穿密林，或沿着小溪寻找源头。走累了，在草地上一坐，喝着带来的酒。醉了，就相互枕着身子睡上一觉，梦也是香甜的。

有一回，他坐在法华寺的亭子里远眺，忽然发现西山的风景非常奇丽。他便带人渡过湘江，沿着冉溪一路砍荆榛、烧茅草，开出一条路来，一直爬到西山顶。顿觉天地宽阔，心胸舒展。从此，西山成了他常来常往的乐游之地。这次游玩回来，他写了一篇《始得西山宴游记》，是“永州八记”的头一篇。

又过了几天，他再度到西山游玩，在山的西边发现一个小潭，叫钴鉧（gǔmǔ）潭，潭有十几亩大小。潭西又有一座小丘，小丘上山石奇特，有的像牛马在溪边饮水，有的像是狗熊爬山。经过一番整治，小丘显现出天然的美色：

> 嘉木立，美竹露，奇石显。由其中以望，则山之高，云之浮，溪之流，鸟兽之遨游，举熙熙然回巧献技，以效兹丘之下。枕席而卧，则清泠（líng）之状与目谋，瀯（yíng）瀯之声与耳谋，悠然而虚者与神谋，渊然而静者与心谋。……

在这么一个清幽的环境里，作者的耳、目、心、神都得到了享受。上面的片段，就节自他的《钴鉧潭西小丘记》。在这之前，他还写了《钴鉧潭记》。

“永州八记”中最著名的一篇是《小石潭记》（全名是《至小丘西小石潭记》）。小石潭在小丘的西边。开始时，隔着竹丛听到有水声，好像美人身上的玉佩在叮当作响。等砍掉竹子开出道路，才看见小潭的面貌：

> 下见小潭，水尤清冽。全石以为底，近岸，卷石底以出……潭中鱼可百许头，皆若空游无所依。日光下澈，影布石上，佁（yǐ）然不动；俶（chù）尔远逝，往来翕（xī）忽，似与游者相乐。……

作者写鱼，也是写水。鱼像是无所依傍地在空中嬉游，那水的清澈，还用说吗？——可惜跟钴鉧潭西的小丘一样，这儿过于冷清，“坐潭上，四面竹树环合，寂寥无人。凄神寒骨，悄怆幽邃”，作者只好离开。

不久，柳宗元又发现几处胜景，并写了《袁家渴记》《石渠记》《石涧记》和《小石城山记》。这八篇所记，都是都市中见不到的奇异景色。

作者对自然美景赞美之余，不禁产生感慨，说“造物者”造就这样的美景，安放到如此荒僻的地方，千百年来没人欣赏，似乎是“劳而无用”。不过有些贤明正直的人遭受了不公正的待遇，被贬斥到这里，这些美景该不是老天为了抚慰他们而特意设置的吧！

后来柳宗元在冉溪边买了一块地，定居下来，并把冉溪改名为愚溪，周围的景物也统统以“愚”命名，什么愚丘、愚沟、愚岛、愚泉、愚池、愚堂、愚亭等等。

他说这条小溪既不能灌溉，又不能行舟，“无以利世而适类

今日愚溪

余”（类余：像我一样），因而取名为“愚”。——看来柳宗元在游山玩水时，心情也并不轻松平静。他时刻不忘报效国家，可又有谁给他这个机会呢？在《愚溪诗序》里，便记录了作者这种痛苦的心情。

造福柳州，死而后已

柳宗元来到永州的第十个年头，朝廷召他进京。一同被召的还有另外四位司马。而八司马中的其他人，已有两位死去，一位先自升迁了。——不过宪宗对他们仍怀戒心。这一回，柳宗元被改派到柳州做刺史。官虽然升了，地方可是更偏远了。

柳宗元

元和十年（815）六月，柳宗元来到柳州。他的那首七律《登柳州城楼寄漳汀封连四州刺史》，就是在这时写的。

在柳州，柳宗元很快发现，那儿有不少事要做。他制定法令，引导老百姓开荒种地，养牛喂鸡。时间不长，柳州的面貌就大为改观，城池街道修得整整齐齐的，路边还栽种了名贵的树木。外逃的百姓们都纷纷回来定居。柳宗元还开办学校，鼓励年轻人学习。经过柳宗元的亲自指点，有人还考取了进士呢！

有一件事应当特别提到。柳州有个坏风俗：穷人借了人家钱，要拿子女做抵押。碰到还不起的，干脆把儿女抵给人家当奴婢，境况惨极了。柳宗元一上任，就命令那些当爹娘的统统把儿女赎回。实在没钱的，就让主人家给奴婢记工，拿工钱抵身价。邻近的州也学柳州的样儿。不上一年，就有一千多奴婢回家跟亲人团聚。

大概是政务太繁重吧，加上柳宗元的身体本来就很糟，到柳州的第三年，柳宗元就一病不起，终于在元和十四年（819）的冬天，与世长辞。那年他四十七岁。

独钓寒江雪

爷爷沉默了片刻，接着说："有这么一首诗，你一定听过：

千山鸟飞绝，万径人踪灭。
孤舟蓑笠翁，独钓寒江雪。

这是柳宗元有名的五绝《江雪》，被贬永州时所作。你瞧吧，天地间一片逼人寒气，连鸟兽都销声匿迹，不知藏到哪儿去了。可是这位渔翁却独自一人披蓑戴笠的，在雪中专心钓鱼呢！我看，这里面有点儿象征意义：柳宗元不就是那位在逆境中不屈服的'孤舟蓑笠翁'吗？

“说起来，柳宗元的人格真的很伟大。不是有‘疾风知劲草’这么一句话吗？柳宗元被朝廷从永州召回，重新派往柳州，跟他一块儿遭贬的刘禹锡，这一回被改派播州。那地方比柳州还要荒僻，简直不是人待的地方。柳宗元听到这消息，替朋友落下泪来，难过地说：梦得（刘禹锡的字）的老母亲还在呢，他回家怎么跟老母亲说呀！没有让老母跟儿子一块儿去受罪的道理啊！于是柳宗元毅然写了奏章，要求拿自己的柳州跟刘禹锡调换——韩愈为柳宗元写墓志铭时，曾有‘士穷乃见节义’的感叹，就是为此而发的呢！

“柳宗元与韩愈的交情也非同一般。他十分尊重韩愈，每当韩愈寄诗给他，他总要用蔷薇露洗手，再点上名香，然后才捧读，说：‘大雅之文，正当如是！’”

爷爷停了一下，又像想起什么似的：“说起柳宗元的诗，也并不总是那么寒气逼人的。像下面这首，也是写钓叟的：

> 渔翁夜傍西岩宿，晓汲清湘燃楚竹。
> 烟销日出不见人，欸（ǎi）乃一声山水绿。
> 回看天际下中流，岩上无心云相逐。
>
> （《渔翁》）

渔翁清晨起来，从江中汲了清水，用竹柴烧饭。当日出烟散时，船早已在咿咿哑哑的橹声中出发了。以下的诗句像是动态的电影镜头：画面上一会儿是江流，一会儿是远空，一会儿又是山峰上舒卷的白云……这是不是有点儿像用诗抒写的‘永州八记’呢？”

第 24 天

『诗豪』刘禹锡与『鬼才』李贺

刘禹锡：前度刘郎今又来

“昨天谈到柳宗元时，曾提到他跟刘禹锡的友谊。刘禹锡是（772—842）也是‘八司马’之一，跟柳宗元同病相怜。他一生中有二十多年是在贬谪中度过的。可是他始终没向恶势力低头，有两首诗可以证明。

刘禹锡

“当年刘禹锡被贬为朗州司马，九年以后才被召回长安。长安有座道观叫玄都观，栽了许多桃树。有一天，刘禹锡约了朋友一道去观里赏桃花。他触景生情，当时写了一首诗，题为《元和十年自朗州至京戏赠看花诸君子》：

紫陌红尘拂面来，
无人不道看花回。
玄都观里桃千树，
尽是刘郎去后栽。

这诗表面上不过是说：多年前我从长安去朗州，这观中还没有桃树；如今桃花开得这么火炽，还不是我离开后新栽的？其实他这是讽刺那些后来居上的新贵们呢：你们如今披红戴紫，还不是踩着我爬上去的吗？

"这首诗刺痛了朝廷新贵们，他们到皇帝那儿告状，这才有了第二次贬谪。开始刘禹锡被贬到最偏远的播州，亏得柳宗元说情，才改派连州。这一去又是十几年。

"这中间，他的好朋友柳宗元去世。直到太和二年（828），他才再次回到长安。他又一次来到玄都观游玩，却见以前的桃树已不剩一棵，只有些兔葵、燕麦在风中摇摆呢。于是刘禹锡又题诗一首《再游玄都观》：

> 百亩庭中半是苔，桃花净尽菜花开。
> 种桃道士归何处？前度刘郎今又来！

跟上回题诗整整隔了十四年，其间朝廷中发生了很大变化。皇帝就换了四位，大小官僚也都换了新面孔。那些显赫一时的新贵们现在跑到哪儿去啦？而我刘禹锡呀，今天又回来啦！——你听听，这里一半是嘲笑，一半是自豪，刘禹锡的傲骨，正显示在这两首诗里！"

莫道桑榆晚，为霞尚满天

刘禹锡的祖上是匈奴人，到北魏时才改姓刘。他爹爹因避乱把家迁到江南，他对江南很有感情，自称“江南客”。

刘禹锡从小好学，并得到名师指点。十九岁时到长安游学，后来跟柳宗元同榜考中进士。以后他又连登三科，志得意满，很想在政治上有一番作为。

王叔文推行新政，刘禹锡成了革新集团的骨干。可没到半年，革新失败，刘禹锡也开始了他漫长的贬谪生涯。

跟柳宗元一样，刘禹锡被贬朗州时发愤写作。他恨透那些太监、权臣和趋炎附势的家伙们。在一篇题为《聚蚊谣》的诗中，他把这些家伙比成猖狂一时的蚊子，说它们虽然渺小，但聚集成阵，也能害人。不过蚊子再猖獗，也总有灭亡的一天：“清商一来秋日晓，羞尔微形饲丹鸟。”秋天一来，蚊子的末日就到了，可笑它们那微小的躯体也只好去喂萤火虫了！这一类讽刺诗还有《飞鸢操》《百舌吟》《昏镜词》等。

刘禹锡在朗州九年，头发都白了。好不容易盼到被朝廷召回，可玄都观的一首诗，使他再贬连州。当他终于回到朝廷时，已是五十开外啦！

这以后，他时而在朝廷供职，时而在地方做官。虽然也取得一些政绩，可总觉着没能发挥出自己的全部才干。晚年，他回到洛阳，跟裴度、白居易喝喝酒、作作诗，悠闲度日。可他的精神还挺健旺。他作诗说：“莫道桑榆晚，为霞尚满天。”这两句后来成了老年人自勉时常说的话。

提到刘禹锡的诗中名句，还应说说他的一首七律《酬乐天扬州初逢席上见赠》，那是诗人在扬州跟白居易相遇时作的：

巴山楚水凄凉地，二十三年弃置身。
怀旧空吟闻笛赋，到乡翻似烂柯人。
沉舟侧畔千帆过，病树前头万木春。
今日听君歌一曲，暂凭杯酒长精神。

诗的前两联，诗人诉说二十三年的凄凉境遇。其中“怀旧”“到乡”两句用典：前者是说晋人向秀经过亡友嵇康的旧居，听到邻人吹笛，有感而作《思旧赋》；后者是说晋人王质进山打柴，在松下观看童子下棋，一局终了，斧柄已烂，人间已过百年。——言外透出物是人非、岁月蹉跎的伤感与哀叹。

第三联是千古传诵的警句：“沉舟侧畔千帆过，病树前头万木春。”诗人把自己比作“沉舟”“病树”，说自己固然是不行了，可世间的一切依然那么欣欣向荣的，个人得失也就无足轻重了。——刘禹锡的意思含蓄而复杂，但后人引用这联诗时，却常常取其新事物一定战胜旧事物的意思。

诗人在最后一联表达了要继续振作的意愿。他不甘心就这么做“病树”和“沉船”！

刘禹锡诗歌警句（郭沫若书）

金陵怀古，百代绝唱

刘禹锡的诗歌中，怀古诗占了一定比重。他写过《西塞山怀古》《金陵五题》等许多怀古诗。

金陵这个地方六代为都，不知演出过多少王业兴衰的悲喜剧。古往今来的文人骚客，总喜欢到这里登临怀古，写诗凭吊。其中写得最早又写得最好的，要数刘禹锡的《金陵五题》了。第一首题为《石头城》：

山围故国周遭在，潮打空城寂寞回。
淮水东边旧时月，夜深还过女墙来。

青山围绕着金陵古城，一片寂寞荒凉中，只有潮水拍打着城垣，又默默退去。女墙是指城头的矮墙。夜深时的一轮明月从秦淮河那边升起，它曾经照见旧日的繁华，而今那一切又在哪儿呢？只有这石头砌就的城墙依然如故吧！——无言的青山、寂寞的潮水、冰冷的古月、坚牢的城垣，共同烘染出一种悲凉的气氛，让人读了伤感。

《金陵五题》的另一首是《乌衣巷》：

朱雀桥边野草花，乌衣巷口夕阳斜。
旧时王谢堂前燕，飞入寻常百姓家。

在诗中，当年车水马龙的朱雀桥边野草丛生，野花点点；乌衣巷在一片夕阳中，显得凄凉破败。王谢巨族的住宅，早已成了寻常百姓的民居。燕子依旧在堂前飞来飞去，可主人早已换了！——刘禹锡一生并未到过金陵，他是读了别人的金陵怀古诗文，有感而发的。

今日乌衣巷

不过自从刘禹锡的诗出来，后人写金陵怀古，总也摆脱不了他的影响。石头城边的潮水，王谢堂前的燕子，不止一次出现在后人的诗歌里。

刘禹锡在地方为官时，还很注意向民歌学习。有一种叫作“竹枝词”的民歌，本来在巴渝一带民间流传，唱时以鼓、笛伴奏。刘禹锡也依调填词，写了十来首。有一首这样唱：

杨柳青青江水平，闻郎江上唱歌声。
东边日出西边雨，道是无晴却有晴。

歌词是模仿一个姑娘的口气写的。她听见心上人在唱歌，却又摸不清他的心思。歌词里的“晴”与“情”谐音。这完全是民歌的表现手法，含蓄而巧妙。

文短意深的《陋室铭》

刘禹锡还有一篇很有名的短文，叫《陋室铭》：

山不在高，有仙则名；水不在深，有龙则灵。斯是陋室，惟吾德馨。苔痕上阶绿，草色入帘青。谈笑有鸿儒，往来无白丁。可以调素琴，阅金经。无丝竹之乱耳，无案牍之劳形。南阳诸葛庐，西蜀子云亭。孔子云："何陋之有"？

这篇不足百字的铭文如歌如诗，表达出作者对古圣先贤的追慕。小小居室虽然简陋，但它的主人及往来宾朋都是学识渊博、情操高尚的人，这样的"陋室"，远胜过贵族的楼台、官僚的堂

明人书《陋室铭》

榭！——“南阳诸葛庐”和“西蜀子云亭”分别是历史人物诸葛亮和扬雄的隐居、著述之所，从中可以见出作者的追求。

白居易十分欣赏刘禹锡的才华，称他为“诗豪”。在洛阳时，他俩唱和很多，并称“刘白”。刘禹锡跟柳宗元的交情更深厚，人们称为“刘柳”。柳宗元死后，他的诗文就是由刘禹锡编纂成集的。此外，刘禹锡与元稹、韩愈等也是朋友。

不过刘禹锡跟同属中唐诗人的李贺却没啥交集。大概因为李贺一生很短暂，李贺在长安名噪一时的当口，刘禹锡正远谪边郡呢。

李贺：为诗歌呕心沥血

李贺（790—816）字长吉，是唐代宗室郑王李光的后代。他跟韩愈关系密切。韩愈还曾为李贺鸣不平，写过一篇《讳辩》呢。

原来，李贺的爹爹叫李晋肃，这个“晋”字，跟进士的“进”同音。封建时代讲究避讳，皇帝和父母的名字是不能随便说出口的，连同音字也不行。李贺举进士时，就有人拿这个来攻击他。韩愈作《讳辩》，主要是为他辩护，鼓励他去应试。可李贺到底没能登第，一辈子只做了几年小官儿，郁郁而终。

李贺

据说李贺长得很瘦，两道眉毛连在一块儿，十指尖尖，写起字来飞快。他每天早上骑驴出门，身后小僮背着个旧锦囊。每当灵感一来，李贺便赶紧把想到的诗句写下来，投进锦囊中。晚上回家后，再把零散的诗句组织成完整的诗篇。相传李贺的娘看儿子写诗这么辛苦，心疼地说：儿呀，你一定要呕出心肝才罢休吗？

李贺由于用心太过，身体瘦弱多病，二十七岁就离开了人世。人们爱他的才华，同情他的遭遇，就编出神话，说他临终时，有穿红袍的使者从天而降，传天帝之命，请他上天为新造的白玉楼作记。有人还说看见他家窗子烟云缭绕，听到半空中有车马远去的声音呢。

羲和敲日，黑云压城

把李贺跟神话联系到一块儿，并不是没有根据的，李贺就是个爱写神话的人。他的《梦天》《天上谣》，都是专门吟咏天上世界的诗歌。诗中写月中的玉兔、银河的流云、天上的闲适、人间的遥远，意境奇异。一些历史题材的诗，也带着浪漫的神话色彩。像《秦王饮酒》：

> 秦王骑虎游八极，剑光照空天自碧。
> 羲和敲日玻璃声，劫灰飞尽古今平。
> 龙头泻酒邀酒星，金槽琵琶夜枨（chéng）枨。
> 洞庭雨脚来吹笙，酒酣喝月使倒行。
> …………

这位秦王显然被神化了。他骑着猛虎巡游八方，手中的宝剑把天空映得一片碧蓝；羲和敲打着太阳，发出清脆的玻璃声。秦王酒酣耳热，吆喝月亮倒转，好让夜宴无休无止……不管诗中是不是在讥讽唐代皇帝，那有声有色、神异奇特的神话意境，都让人神往不已。

也有一些诗是反映现实的。像《雁门太守行》，是一首描写战争的乐府诗：

黑云压城城欲摧，甲光向日金鳞开。
角声满天秋色里，塞上燕脂凝夜紫。
半卷红旗临易水，霜重鼓寒声不起。
报君黄金台上意，提携玉龙为君死！

诗的起首两句，烘染出一派险恶的战争气氛：黑云成阵，仿佛要把城头压垮；日光从云缝里泄出，照得将士的铠甲金鳞闪耀。这个场面给人极深的印象，说不出是恐怖还是振奋。

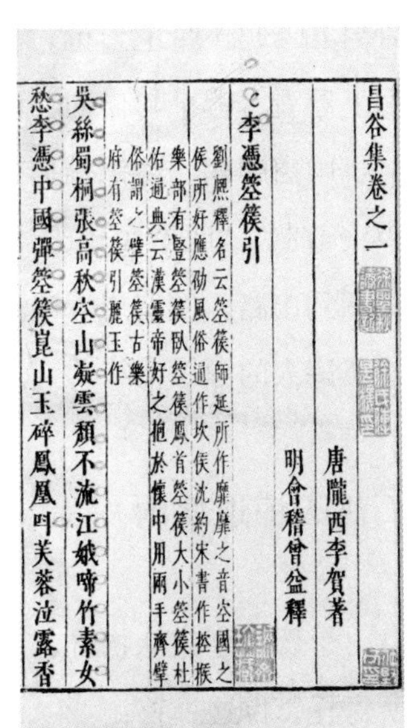
昌谷集卷之一
唐隴西李賀著
明會稽曾益釋
李憑箜篌引
劉熙釋名云箜篌師延所作靡靡之音空國之
侯所好應劭風俗通作坎侯沈約宋書作控侯
樂部有豎箜篌臥箜篌鳳首箜篌大小箜篌杜
佑通典云漢靈帝好之抱於懷中用兩手齊擘
俗謂之擘箜篌古樂
府有箜篌引麗玉作
吳絲蜀桐張高秋空山凝雲頹不流江娥啼竹素女
愁李憑中國彈箜篌崑山玉碎鳳凰叫芙蓉泣露香

李贺《昌谷集》书影

诗人没有正面描写交战场面，而是用低沉的鼓角、半卷的红旗以及塞上色彩浓重的自然环境，衬托战争的酷烈。“报君黄金台上意，提携玉龙为君死！”——战争的胜负好像倒在其次，重要的是表现将士的必死决心，这才是诗人的目的。

相传李贺头一回拜见韩愈，韩愈刚刚送客人回来，十分疲倦，随手拿起诗卷一翻，头一篇就是《雁门太守行》，读了“黑云压城城欲摧，甲光向日金鳞开”两句，韩愈眼睛一亮，马上重新束好腰带，命人将李贺请进来。按说李贺比韩愈小二十多岁，可两人相见恨晚，竟成了忘年交。

其实，“提携玉龙为君死”也是李贺自己的志向。在一组题为《南园》的诗里，诗人吟咏道：

男儿何不带吴钩，收取关山五十州。
请君暂上凌烟阁，若个书生万户侯？

好男儿干吗不带上刀枪，去为国家收取抗命的州郡呢？您到凌烟阁上看看，哪个封侯的功臣是耍笔杆子出身？

中唐时期，藩镇割据，战乱不已。河南、河北五十余州不听中央节制。“收取关山五十州”的话，正是写实。李贺在科举中找不到出路，便幻想着以武功报效国家。诗中末两句的反问，表达了诗人的激愤情绪。

石破天惊逗秋雨

李贺还喜欢咏物寄志。他有《马诗》二十三首，大部分都有所寄托，像这一首：

此马非凡马，房星是本星。
向前敲瘦骨，犹自带铜声。

只有寥寥二十个字，写的正是诗人自己独立不群、才高志傲的面貌。

李贺的咏物诗里，有一首《李凭箜篌引》非常有名。箜篌（kōnghóu）是一种古乐器，李凭是位著名的乐师：

吴丝蜀桐张高秋，空山凝云颓不流。
江娥啼竹素女愁，李凭中国弹箜篌。
昆山玉碎凤凰叫，芙蓉泣露香兰笑。
十二门前融冷光，二十三丝动紫皇。
女娲炼石补天处，石破天惊逗秋雨。

《箜篌图》局部（王叔晖绘）

梦入神山教神妪，老鱼跳波瘦蛟舞。

吴质不眠倚桂树，露脚斜飞湿寒兔。

描写音乐的古代诗篇，以白居易的《琵琶行》名气最大。《琵琶行》偏重叙述，比喻也用得生动贴切。李贺的《李凭箜篌引》却完全是另一种风格。诗中联想奇特，用语夸张，超出一般人的想象。谁听过玉碎凤鸣？谁经历过石破天惊？谁见过老鱼跳波、瘦蛟起舞？然而透过极为新奇而形象的比喻，你却能体会出李凭箜篌的不同凡响来！——这正是李贺诗歌的风格。

牛鬼遗文悲李贺

“李贺的人生态度有点儿消极。”爷爷摇着蒲扇总结道，“这大概跟他的不幸遭遇有关。李贺死时还不到三十岁，可是这位年纪轻轻的诗人，总爱用‘老’呀、‘死’呀等字眼儿。在他留下的二百多篇诗歌里，这两个字共用过七十多回！李贺诗中描画的鬼魅世界，更让人毛骨悚然。你听这几句：‘秋坟鬼唱鲍家诗，恨血千年土中碧。’(《秋来》)‘百年老鸮（xiāo）成木魅，笑声碧火巢中起。’(《神弦曲》)、这些场面形象而又恐怖，有一种怪诞的美，阴森森的，缺乏光明。——难怪人们称李贺为‘鬼才’！

“李贺的诗在唐诗中独树一帜，与众不同。有人不喜欢他诗中的‘鬼气’，说他的诗是‘诗之妖’，又说‘牛鬼蛇神太甚’。可更多的人赞美他，说他继承了楚骚的传统，是‘天纵奇才’，可以跟李白匹敌。

李贺故里在河南洛阳宜阳县三乡镇

“对了，清代著名的小说家曹雪芹就非常喜欢李贺诗的风格。由于他诗风贴近李贺，朋友为他所作的挽诗中，还有‘牛鬼遗文悲李贺’的句子呢！

“已故毛泽东主席也非常喜欢李贺的诗，他的诗里常常活用李贺的诗句，像‘天若有情天亦老’，就是出自李贺《金铜仙人辞汉歌》的‘衰兰送客咸阳道，天若有情天亦老’；而‘一唱雄鸡天下白’呢，是借用李贺《致酒行》中‘我有迷魂招不得，雄鸡一声天下白’，稍加改造而成的呢。”

第25天

杜牧、李商隐

附晚唐诗人

杜牧：长庆以后第一人

“李贺有个朋友杜牧，曾给他的诗集作序。”爷爷接着昨天的话题说道，“杜牧比李贺小十几岁，这篇序言是在李贺死后十几年写的。杜牧用了一连串比喻来描绘李贺诗歌的魅力：

> 云烟绵联，不足为其态也；水之迢迢，不足为其情也；春之盎盎，不足为其和也；秋之明洁，不足为其格也；风樯阵马，不足为其勇也；瓦棺篆鼎，不足为其古也；时花美女，不足为其色也；荒国陊（duò）殿，梗莽丘垅，不足为其恨怨悲愁也；鲸呿（qù）鳌掷，牛鬼蛇神，不足为其虚荒诞幻也！

杜牧是在形容李贺的诗，可这文字本身，不就是很美的诗吗？而‘牛鬼蛇神’一词，也是来自杜牧的评价。正因为杜牧文采出众，人们把他跟同时的李商隐合称为‘小李杜’，甚至有人称他是‘唐长庆（唐穆宗年号）以后第一人’呢！

“杜牧（803—约852）字牧之，出身高门士族，爷爷杜佑是有名的宰相。他的远祖杜预名气更大，是西晋将军，还曾注过《左传》哩。——杜甫也是杜预的后裔，比杜牧早生近一个世纪。‘杜家’的文学基因可真强大！

杜牧

“杜牧回忆幼时，说相府的生活其实很清苦，最不缺的是书籍。他从小在书堆里长大，对经书、史书尤感兴趣，时代的兴衰、人物的短长，以及财赋兵甲、地理交通，全都装在他心里。

“十几岁时，祖父和父亲相继去世。他这一支只剩他和小弟弟。房子也被卖掉还债，因为贫困，哥儿俩八年间搬了十回家，最后干脆住进破败的家庙里。吃饭也是饥一顿饱一顿的。好在身边还有百多卷书。冬天最难熬，不但没有取暖的炭火，入夜连灯烛都没有。杜牧只好摸着黑默诵白天读过的书。这样的日子过了两三年，才有好转。

“二十五岁时，杜牧中了进士，以后一直做官。他当地方官时，努力革除积弊，为百姓做了不少好事。他还给朝廷出谋划策，平定了泽潞藩镇的叛乱。总之，他的才干是明摆着的，谁也不能不承认。

“可是那时候朝廷上正闹党派之争，李德裕和牛僧孺两大官僚集团各扯大旗，争权夺利，真正的人才反而得不到重用。杜牧的抱负得不到施展，心情一直很郁闷。这倒使他把更多精力投入到诗文创作中。”

咏史绝句，别有深意

杜牧的诗，以绝句最为出色。短短四句中，往往包容着深刻的思想，浸透着丰富的感情；有的则展现了优美的意境，蕴含着深沉的感慨。

听听《过华清宫》吧，一共三首，是诗人路经华清宫时有感而作。这座华美的宫殿建在长安骊山上，远望豪华壮丽，宛若仙宫。当年唐玄宗跟杨贵妃不分日夜地在那儿寻欢作乐。其中一首写道：

长安回望绣成堆，山顶千门次第开。
一骑红尘妃子笑，无人知是荔枝来！

传说杨贵妃喜欢吃荔枝，然而这东西离枝三日就要变色变味。在当时的条件下，玄宗为了讨好贵妃，特意派了专门递送紧急公文的驿马，一路马不停蹄地递送鲜荔枝。诗的后两句描写的，正是这样的场面。

诗写得挺含蓄，表面上没一句贬斥，可读诗的人都明白：这位皇帝是够荒唐的。转而又想到，假如他在国事上多用点儿心思，兴许不至于酿成安史之乱的大祸呢！

除了这首，杜牧还有好几首咏史诗都很有味道。像《赤壁》：

> 折戟沉沙铁未销，自将磨洗认前朝。
> 东风不与周郎便，铜雀春深锁二乔。

这一首虽是吟咏古代战争，却很值得玩味。尤其是后两句，诗人是从反面落笔的：说那次大战若不是碰巧刮东风，助周瑜火攻之力，周瑜怕是连妻子都保不住了！——诗人在这里强调的是机遇。如果没有机遇，才能和抱负又有什么用呢？这正是杜牧心中的隐痛和不平啊！

坐爱枫林晚，遥指杏花村

杜牧的写景诗别有情趣。像《江南春》：

> 千里莺啼绿映红，水村山郭酒旗风。
> 南朝四百八十寺，多少楼台烟雨中。

写“江南春”这样的大题目，难度是够大的，杜牧写来却得心应手。首句写尽江南大好春光，意境极为开阔。第二句则又添上人的活动场所：渔村傍水，城郭依山，酒旗飘扬，无形中注入诗人的感情色彩。后两句突出南朝佛寺众多的特点，选取了烟雨迷蒙的画面，使人在对美的欣赏中，浮起一丝历史的兴亡之感。

再看这首风景诗《山行》，又是一种风格：

远上寒山石径斜，白云生处有人家。
停车坐爱枫林晚，霜叶红于二月花。

这最后一句多妙：夕阳之下，经霜的枫叶比二月里盛开的春花还要浓艳。只这么一句，顿时使全诗变得明艳照眼。面对这样的美景，难怪诗人要停下车子，流连忘返了！

在这首诗中，秋叶胜过了春花。在另一首诗里，春雨竟又有点儿像秋雨，且看《清明》：

清明时节雨纷纷，路上行人欲断魂。
借问酒家何处有，牧童遥指杏花村。

清明时节下起小雨，赶路的人被搞得栖栖惶惶的。“请问，哪里有酒店？”——到那儿避避雨，再喝上一杯，恐怕是行路者此时唯一的愿望了。牛背上的牧童并未搭言，只把牛鞭一指：远处村落一片杏花灿烂。诗中未提，那杏花丛里一定还挑出个酒望子来呢！

杜牧的写景诗里，也兼带吟咏人事：

烟笼寒水月笼沙，夜泊秦淮近酒家。
商女不知亡国恨，隔江犹唱《后庭花》。

这首题为《泊秦淮》。秦淮河是金陵穿城而过的一条河，两岸酒家林立、歌楼高耸，向来是文人士大夫的游乐流连之所。诗人夜晚泊舟河上，只见水面寒烟缭绕，沙岸月色如银，显得有点儿幽冷。可对岸酒楼却灯火辉煌，卖唱的歌女歌喉婉转，唱的是当年陈后主的《玉树后庭花》——她们哪里知道，南朝就是在这靡靡之音中亡了国！

国事不堪提起，可人们却依然得乐且乐、醉生梦死。诗人在烟月迷蒙的河面上冷眼旁观，内心格外沉重。

杜牧

《阿房宫赋》，写给谁看

杜牧的文章也很漂亮。看看他那篇著名的《阿房宫赋》。

阿房宫是秦始皇营建的一座宫阙，规模之大，空前绝后。赋一开头，气势就不一般：

> 六王毕，四海一。蜀山兀，阿房出。覆压三百余里，隔离天日。骊山北构而西折，直走咸阳……

“六王毕，四海一”（六国终结，四海混一），这开头六个字，就是一部战国史，可谓一字千钧！接下来“蜀山兀，阿房出”，依然是六个字，写阿房宫的创建用木材极多，蜀山的树木全被砍光，山头变得光秃秃的。阿房宫的工程之大，也就可想而知了。——起首十二字，写尽秦国的强大、秦皇的骄奢，这样雄健的笔力，没有第二个人可比。

以下作者极尽铺陈笔法，把秦始皇的暴虐和奢侈形容到无以复加的地步。文中说秦对各国的掠夺太过，对财物的浪费太甚，指责说："秦爱纷奢，人亦念其家；奈何取之尽锱铢（zīzhū），用之如泥沙？"

秦始皇的所作所为终于得到了报应。"戍卒叫，函谷举，楚人一炬，可怜焦土！"——身为戍卒的陈胜、吴广振臂一呼，函谷关很快失守。楚人项羽的一把火，让这座宏大壮丽的宫苑变成一片焦土！

赋的结尾，作者总结了邦国兴衰的教训，说"灭六国者，六

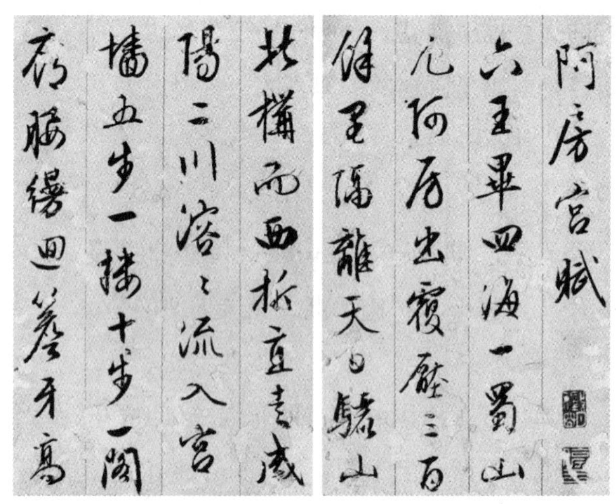

明文征明书《阿房宫赋》（局部）

国也，非秦也。族秦者，秦也，非天下也”。——那么六国及秦灭亡的真正原因是什么？就因为他们没能好好爱护自己的百姓啊！

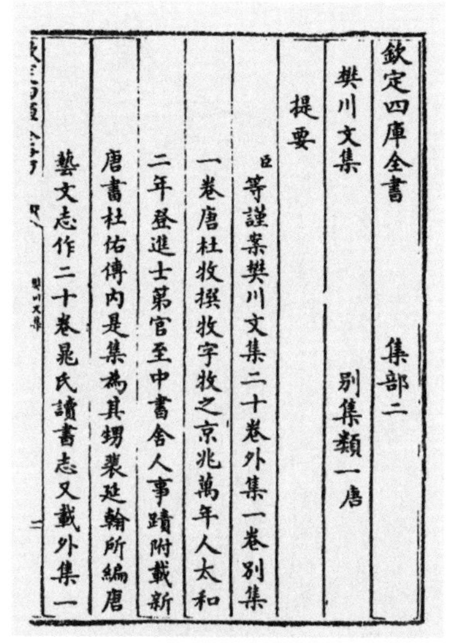

欽定四庫全書　集部二

樊川文集　別集類一　唐

提要

臣等謹案樊川文集二十卷外集一卷別集一卷唐杜牧撰牧字牧之京兆萬年人太和二年登進士第官至中書舍人事蹟附載新唐書杜佑傳內是集爲其甥裴延翰所編唐藝文志作二十卷晁氏讀書志又載外集一

四库本《樊川文集》书影

这篇赋是杜牧二十三岁时作的，当时唐敬宗在位，大造宫室，穷奢极欲。《阿房宫赋》显然是写给统治者看的。

杜牧恃才傲物，不守礼法。扬州是个烟柳繁华的地方，杜牧曾在那里任职，出入歌楼妓馆，结识了不少歌儿舞女。多年后，他回忆当年的生活，有“十年一觉扬州梦，赢得青楼薄幸名”（《遣怀》）的诗句。

杜牧一生经济上并不宽裕，直到晚年才攒了些钱，将祖产樊川别墅加以修缮，但不上一年他就过世了。后人又称他“杜樊川”，他的诗文集也称《樊川文集》。

李商隐：晚唐诗杰又一家

跟杜牧并称“小李杜”的李商隐，是晚唐又一位杰出诗人。

李商隐（约813—约858）字义山，他自称跟皇帝同宗，可是到他这儿，家道早已败落。他爹爹只做个小县令，在他十岁上就死了。他是长子，十三岁就不得不帮人抄抄写写的，帮衬家里的日子。

李商隐

李商隐自幼跟着一位堂叔习文读经，文学底子打得很牢。十七岁那年，他带着自己的文章到洛阳去见令狐楚。这位老先生是朝廷重臣，一见李商隐的文章，大加赞赏，把他送到宾馆当上宾款待。此后，令狐楚不论到哪儿去做官，总要带上李商隐，还亲自把作文章的诀窍传授给他。

李商隐三次进京应试，到二十五岁这年，终于中了进士。可就在这一年，恩师令狐楚去世了。第二年，李商隐应聘加入泾原节度使王茂元的幕府。王茂元挺看重这个年轻有为的小伙子，还把女儿嫁给了他。没想到这么一来，李商隐的悲剧就开了头。

原来朝廷上牛（僧孺）、李（德裕）两党斗争激烈。令狐楚的儿子令狐绹（táo）是牛党的重要人物，而李商隐的岳父王茂元却属于李党。于是牛党便攻击李商隐“背家恩”“投异党”，说他品行败坏。李商隐虽然不断写诗写信表白自己，可是没用，牛党再不肯信任他。李党呢，这时又受排挤，自顾不暇。

他只好东奔西跑，给人家做幕僚，一辈子也没能舒展怀抱，在四十六岁那年死在荥（xíng）阳。

李商隐的诗风格多样，既有典雅华丽的，又有朴素清新的，内容也非常广泛。其中有不少是咏史诗。有一首题为《隋宫》的绝句这样写道：

乘兴南游不戒严，九重谁省谏书函？
春风举国裁宫锦，半作障泥半作帆。

这是讽刺隋炀帝的。隋炀帝是个有名的荒唐君主，他三下江南，耗费了大量人力财力，最终导致亡国。诗中只点出一件事：在春风和暖的时候，全国都在剪裁名贵的宫锦。做什么用呢？一半做马背上的障泥，一半做御舟上的船帆。——隋炀帝穷奢极侈的嘴脸，就在诗中画着呢！

李商隐的抒情诗写得更好。请看这首《夜雨寄北》，据说是写给妻子的：

君问归期未有期，巴山夜雨涨秋池。
何当共剪西窗烛，却话巴山夜雨时。

这是孤身在外的诗人拿诗跟远在家乡的妻子聊天呢：你问我什么时候回家吗？还没有准日子呢。眼下正是巴山之夜，秋夜雨下个不停，池水也都涨满了，这真是个格外寂寞的时刻啊。什么时候能回到家中，在西窗下跟你说说话儿，剪剪灯花儿？那时回想今天这巴山夜雨的情景，正不知是什么滋味呢。

这诗写得多么含蓄平易，又多么深情。独在异乡为客的孤寂以及对妻子温柔的爱，全都包蕴在明白如话的诗句里。时间和空间也忽此忽彼，余味无穷，令人百读不厌。

蜡炬成灰泪始干

李商隐写得最拿手的还是七律。杜甫是公认的七律高手，而李商隐的七律是继杜甫后又一个高峰。他的一首《杜工部蜀中离席》，不但风格模拟杜甫，连口气也是借用杜甫的。诗中那一联“座中醉客延醒客，江上晴云杂雨云”（延：请），写尽官场中人的浑浑噩噩、醉生梦死。后人评论这首诗，说是有“杜诗笔势”，“虽老杜无以过也”。

不过李商隐的七律中还有风格完全不同的另一类。那是些爱情诗，大都标以《无题》。听听这一首：

相见时难别亦难，东风无力百花残。
春蚕到死丝方尽，蜡炬成灰泪始干。
晓镜但愁云鬓改，夜吟应觉月光寒。
蓬山此去无多路，青鸟殷勤为探看。

相传李商隐在中进士之前，曾在玉阳山隐居学道，一个偶然的机会，认识了一位宫女，两人偷偷相爱，却又不能如愿以偿。他的一些《无题》诗，就是为这而写的。不过也只是传说，无从考证。——何必较真呢？诗歌欣赏重在体味一种朦胧而含蓄的意境，那正是李商隐所竭力追求的。

诗的首联写一对情人好不容易见面、难舍难分的情景。“东风无力百花残”是从情人眼中见到的春日景色，反衬了诗人内心的惆怅。“春蚕到死丝方尽，蜡炬成灰泪始干”一联是千古名句：春蚕丝尽，生命也随之完结了；蜡泪淌干，蜡烛也就烧尽了。诗人巧妙地运用比喻，说明感情的缠绵深挚。“丝”不正是“思”的谐音吗？蜡泪似乎又暗示着爱情的无望。

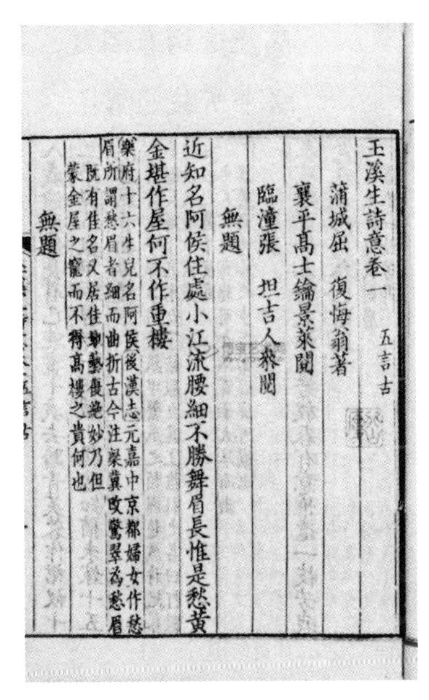
玉溪生詩意卷一　五言古
蒲城屈　復悔翁著
襄平高士鑰景萊閲
臨潼張　坦吉人叅閲
無題
近知名阿侯住處小江流腰細不勝舞眉長惟是愁黄金堪作屋何不作重樓
樂府十六生兒名阿侯後漢志元嘉中京都婦女作愁眉所謂愁眉者細而曲折古今注梁冀改驚翠爲愁眉既有佳名又居佳地藝復絶妙乃但蒙金屋之寵而不得高樓之貴何也
無題

《玉溪生诗意》书影

最后，诗人把希望寄托在神话中的青鸟身上——可神话毕竟是虚无缥缈的，这希望，也只能是无望之望了！

灵犀《无题》句，蝴蝶《锦瑟》诗

另一首《无题》也是吟咏男女之情的：

昨夜星辰昨夜风，画楼西畔桂堂东。
身无彩凤双飞翼，心有灵犀一点通。

隔座送钩春酒暖，分曹射覆蜡灯红。
嗟余听鼓应官去，走马兰台类转蓬。

在一个难忘的夜晚，诗人在热闹的宴席上遇到心仪的姑娘。可惜在大庭广众之中，两人不能比翼齐飞、翩然共舞，只能通过一个眼神、一个笑靥，传达着“心有灵犀一点通”的知己之情。

当内心洋溢着幸福时，只觉得酒暖灯红，周围的一切都是那么美好！可惜更鼓响起，诗人不得不离席到官衙去值班，心中充满着官身不自由的哀怨。

“身无彩凤双飞翼，心有灵犀一点通”一联，后来成为人们歌咏爱情的传世名句。

另有一首七律《锦瑟》，是用诗的头两个字做题目，也相当于一首“无题”：

锦瑟无端五十弦，一弦一柱思华年。
庄生晓梦迷蝴蝶，望帝春心托杜鹃。
沧海月明珠有泪，蓝田日暖玉生烟。
此情可待成追忆，只是当时已惘然。

这是古代诗坛上最著名的一首“朦胧诗”，一千多年来，人们对这首诗的理解五花八门：有说是吟咏爱情的，有说是悼念亡妻的，也有说是自叹生平的。你瞧，诗人看到乐器上的五十根弦，就想到自己年届半百，而人生如梦，往事迷茫，自己如同梦中化蝶的庄子，连自身的存在都产生怀疑啦。至于此刻的心境，则更像是日夜悲啼的杜鹃——那是失去王位的蜀王望帝的化身。

接下来的一联，诗人用南海珍珠、蓝田美玉来比喻自己的才华。不过也有人较真，说“珠有泪”象征着落败的李党，“日生烟”说的是炙手可热的牛党。——无论怎么理解，诗句中哀伤、失落的情调，却是明摆着。最后二句是说，当时已觉迷惘，今日追忆起来，愈发不堪回首啦。

不过也有人反对这么一句一句地解读，认为诗歌重在抒情，此诗典故虽多，却共同营造了一种人生失意、旧梦难回、迷惘失落的意境。朦胧自有朦胧之美，让人回味不尽，也就足够了，何必一字一句地钻牛角尖，搞得支离破碎呢？

李商隐作诗爱用典故，相传他吟咏时，身边摆满书卷。朋友开玩笑，说他是“獭（tǎ）祭鱼”——水獭捕鱼后，常常只咬一口就摆列在岸边，如同祭祀一样。朋友这样说，应该微带讥讽之意吧？

诗人热爱生活，但生活总是充满着遗憾。《乐游原》一诗，就抒发了诗人的无限感慨：

向晚意不适，驱车登古原。
夕阳无限好，只是近黄昏。

有人认为全诗是倒装写法：诗人傍晚驱车登上古原，感到意绪不佳。为什么呢？因为看到夕阳灿烂、光景美好，可惜已是临近黄昏，一切就要过去了！——美好的事物却不能长久存在，这种悲哀带着永恒的意味。诗中所说的自然界的黄昏，大概也象征着人生的暮年吧！

白居易比李商隐年长四十岁。他格外欣赏李商隐的诗，曾说过：“我死得为尔子足矣！”（我死后若托生为你的儿子，继承你的诗才，也就满足啦。）后来李商隐生了儿子，果真取“白老”为字——只是这孩子长大后诗名不显。

关心民瘼有皮、杜

晚唐诗人知名的还有不少，像皮日休、陆龟蒙、聂夷中、杜荀鹤、罗隐、韦庄、司空图等。

皮日休（约838—约883）在唐末做过官，还参加过农民起义，这经历够特殊的。他早就不满官府对百姓的压榨，有一首《橡媪（ǎo）叹》，写一位老婆婆踏着晨霜捡拾橡子充饥，“移时始盈掬，尽日方满筐。几曝复几蒸，用作三冬粮”（盈掬：满把）。

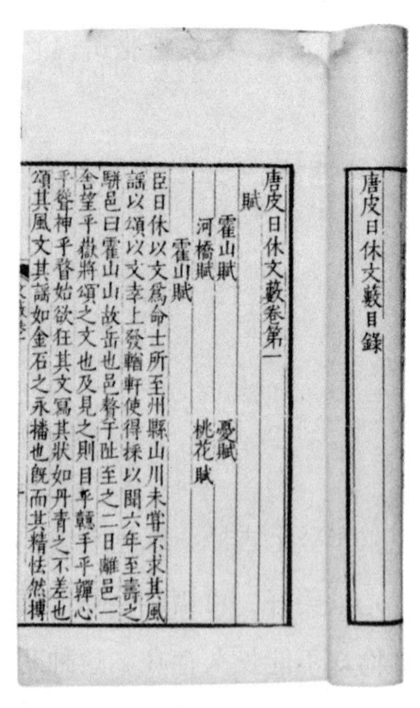
唐皮日休文藪目錄

唐皮日休文藪卷第一

賦

霍山賦　憂賦

河橋賦　桃花賦

霍山賦

臣日休以文爲命士所至州縣山川未甞不求其風
謠以頌以文孛上發輶軒使得採以聞六年至壽之
騈邑曰霍山山故岳也邑胥于阯至之二日離邑一
舍望乎嶽將頌之文也及見之則目乎競手乎韗心
乎衅神乎昏始欲任其文寫其狀如丹青之不差也
頌其風文其謠如金石之永播也旣而其精怯然搏

《皮日休文薮》书影

老婆婆难道不种地吗？她家的稻田就在山前，紫穗飘香，米颗如玉，眼看就要熟了。可是打下的稻谷统统要交给官府，而且交一石，官家只按五斗算！诗人想到春秋时的齐国奸相田成子，说他还会大斗出小斗进邀买人心；可眼下“狡吏不畏刑，贪官不避赃”，连这点儿假仁假义都不要了！这就是公然打劫啊！

另一位诗人陆龟蒙（？—约881）跟皮日休交情深厚，唱和最多，两人并称“皮陆”。陆龟蒙不屑于做官，他隐居乡里，亲自下田耕作。还说：尧舜禹是圣人，还亲自劳作呢，何况我一个布衣百姓！

他不愿与士人交结，常常乘小船携带茶炉、书籍和钓竿，放舟于太湖之中，自号“天随子”，又称“甫里先生”和“江湖散人”。他擅长写辛辣的短文。有一篇《野庙碑》，借土木神之口痛斥贪官暴吏，骂得十分痛快。

聂夷中（837—？）这个名字你或许有点儿陌生，可他的一首《咏田家》你一定听过：

二月卖新丝，五月粜（tiào）新谷。
医得眼前疮，剜却心头肉！
我愿君王心，化作光明烛。
不照绮罗筵，只照逃亡屋！

聂夷中当过县尉，深知民间的疾苦。诗的后四句是朝最高统治者说的，既是劝谏，也是讽刺！

杜荀鹤（846—904）出身进士，曾在后梁做翰林学士。他的诗中同样充满悲悯。像那首《山中寡妇》：

夫因兵死守蓬茅，麻苎（zhù）衣衫鬓发焦。
桑柘（zhè）废来犹纳税，田园荒后尚征苗。
时挑野菜和根煮，旋斫生柴带叶烧。
任是深山更深处，也应无计避征徭。

诗中写一个可怜的寡妇，丈夫战死，田园荒废，自己挖些野菜勉强活命。然而哪怕你躲进深山，官府赋税徭役也总是逃不掉的！这不禁让人想起孔子“苛政猛于虎”的哀叹！杜荀鹤的另一首《再经胡城县》，则是从官吏这一面去揭露社会：

去岁曾经此县城，县民无口不冤声。
今来县宰加朱绂（fú），便是生民血染成！

酷吏的官服，是用百姓的血染成的。这比喻多么直截了当、触目惊心！

晚唐诗人中还有一位罗隐（833—910），一生饱读诗书，但十次应举都没考中。然而，皇帝跟前一个耍猴的，却能穿上只有大官才能穿的红袍！“何如买取胡孙弄，一笑君王便著绯！”（《感弄猴人赐朱绂》）诗人的激愤，是用反话表达出来的。罗隐还写过不少讽刺小品，都收在他的《谗书》里。

伤心《秦妇吟》

还有位晚唐诗人韦庄（约836—910），是韦应物的四世孙，他亲身经历了战乱，曾写过一首叙事诗《秦妇吟》，借“秦妇”（陕西籍妇女）之口，写唐末战争的乱象。

所谓“秦妇”，本是长安贵家的侍女，黄巢农民军攻入长安时，她被裹胁到军中，三年后才得逃离。诗歌以通俗的语言，细述城里城外的惨象。——战争一起，最悲惨的要数妇女，她们有的被掳，有的被杀，有的悬梁，有的跳井。以后城中粮绝，百姓大半饿死。“长安寂寂今何有，废市荒街麦苗秀”。宫中情况也一样，“含元殿上狐兔行，花萼楼前荆棘满”，“内库烧为锦绣灰，天街踏尽公卿骨”……

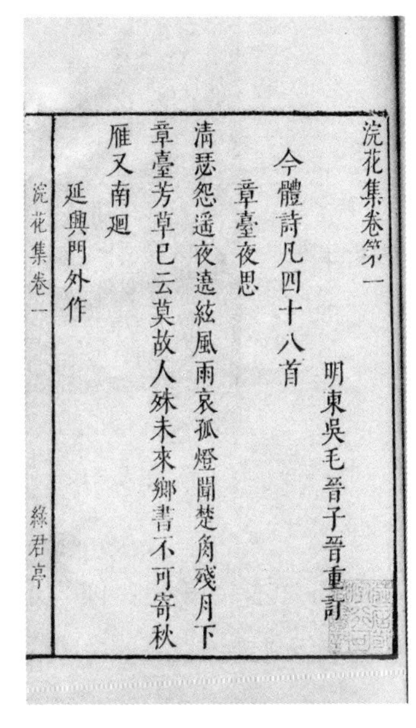
浣花集卷第一
明東吳毛晉子晉重訂
今體詩凡四十八首
章臺夜思
清瑟怨遥夜遶絃風雨哀孤燈聞楚角殘月下章臺芳草已云莫故人殊未來鄉書不可寄秋雁又南迴
延興門外作
浣花集卷一　綠君亭

韦庄《浣花集》书影

秦妇逃到洛阳，路遇一老翁，向她控诉官军的洗劫。——他家种田为生，还算殷实。黄巢军过后，家业还残留一半；官军一来，“入门下马若旋风，罄室倾囊如卷土”！秦妇陪着落泪，不知将向何方去。听说江南尚好，感叹自己这个“阙下人”（京城人）反而羡慕起“江南鬼”来，长诗便在这感慨声中收了尾。

韦庄在长安沦陷时恰在城中，三年后逃出，流落江南。因此人们把这诗看作韦庄的自述。全诗共二百三四十句、一千六七百字，是唐诗中最长的一首。有人把它跟汉代的《孔雀东南飞》、

无情最是台城柳，依旧烟笼十里堤

北朝的《木兰诗》合称“乐府三绝”，韦庄也因而被人称作“秦妇吟秀才”。

韦庄在唐末中了进士，后来做到前蜀的宰相。他也有风格不同的诗，像这首《台城》：

江雨霏霏江草齐，六朝如梦鸟空啼。
无情最是台城柳，依旧烟笼十里堤。

一片迷蒙的景色，一派朦胧的愁绪。说是吊古，又像是伤今。韦庄还是有名的词人，关于他的词，我们后面还要谈到。

司空图以诗品诗

“晚唐还有几位诗人，如司空图、韩偓等，也应提到。司空图（837—908）是诗人，又是位诗歌理论家。他的《二十四诗品》，把诗的风格分成二十四类，如‘雄浑’‘冲淡’‘纤秾’‘沉著’‘高古’‘典雅’等。每一则都是一首十二句的四言诗，评语差不多都是以景为喻，如同一首首风景诗。——看看对‘典雅’的描述吧：

玉壶买春，赏雨茅屋。
坐中佳士，左右修竹。
白云初晴，幽鸟相逐。
眠琴绿阴，上有飞瀑。
落花无言，人淡如菊。
书之岁华，其曰可读。

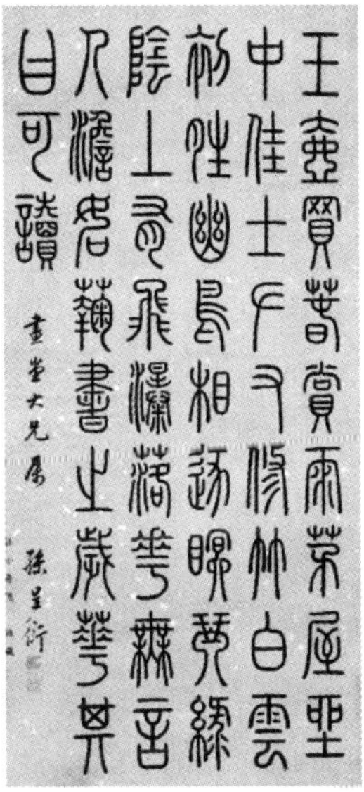

司空图《诗品·典雅》（清 孙星衍书）

这十二句如诗如画的描写，烘托出‘典雅’之境。只是这种打比方的阐述方式不太明确，理解起来有些模糊，作为理论的东西，不能不说是个缺欠。

“韩偓（约842—923）大概要属唐代最后一代诗人了。他是李商隐的内侄，李商隐很赏识他，赠诗给他说‘雏凤清于老凤声’（幼凤的叫声比老凤还要清脆优美）。他的诗集叫《香奁（lián）集》，里面的诗呢，就叫‘香奁体’，多半是些脂粉气很浓的诗，跟南朝宫体诗相近。其中也有一些含蓄清丽的作品，像《已凉》：

碧阑干外绣帘垂，猩色屏风画折枝。
八尺龙须方锦褥，已凉天气未寒时。

这更像是词的意境——本来嘛，词的时代这会儿已经拉开了大幕。”

第 26 天
唐五代词与小说

敦煌宝藏发现曲子词

“谈到词，咱们得先说说敦煌这座古代艺术宝库。”见沛沛欲言又止，爷爷说，“沛沛一定听说过这个地方。”

沛沛说：“就是甘肃省的敦煌吧？听历史老师说，那儿有个莫高窟，是佛教艺术的圣地，有大大小小上千个洞窟，里面的佛像、壁画美极了！”

“就是这个地方，20世纪初有过一次惊人的发现：当时有个姓王的道士，偶然发现寺院墙壁上坏了一个洞。他把洞口挖大，原

敦煌莫高窟

来里边是个秘密洞窟，各种手写的、刻印的古书、佛经、小说、词曲，还有户籍、契约以及古画、刺绣什么的，堆得满满的。由于那地方空气干燥，加上封闭严密，那些东西都保存完好！

“后来才知道，这都是北宋以前的珍贵文物，价值连城！可惜王道士无知无识，并没把这个发现当成一回事！不久，几个外国冒险家闻讯赶来，打着考古的幌子，连哄带骗，弄走了好几大车写本、古画、刺绣等，全是精品！等当时的中国政府注意到这件事，藏经洞里的宝藏已经所剩无几啦！

“在藏经洞的手写卷子里，有一种曲子词很引人注目：那是些民间作品，作者不是妇女就是士兵，反映的也是底层社会的生活——这就是中国最早的词。

“‘曲子词’也是诗歌的一种，从命名可知，它是可以配乐歌唱的。以前的乐府诗不是也能配乐歌唱吗？因为跟音乐关系密切，所以有时人们干脆叫它‘曲子’。后来曲子词慢慢脱离了音乐，成了纯粹的文学作品，‘词’也就成了它的学名啦。

“跟词配合的音乐叫燕乐，演奏以琵琶为主，是一种融合了西域音乐的‘俗乐’，演奏时以琵琶为主，曲调繁盛，变化复杂。因乐句有长有短，填词者只好把诗句拉长或缩短，以适应音乐的节拍变化。词因此又有了‘长短句’的称谓，还被称作‘诗余’，意思是作诗有余暇，填一填词，权当游戏。这里显然带着轻视的意思。

“音乐的曲调不止一种。有不同的名称，像《西江月》啦，《念奴娇》啦，《浪淘沙》啦，《木兰花慢》啦，等等，成为‘词调’，也叫‘词牌’。一般分为上下两阕（也称“片”），每阕有几句、一句有几字、何处用韵以及平仄（zè）搭配等，都有一套严格的规定。——若不按规定填词，唱出来就拗口，这是由它的音乐性决定的。

“此外，词又分为小令、中调、长调。一般而言，五十八字以下为小令，五十九字至九十字为中调，九十一字以上为长调。——南宋词人吴文英有一首《莺啼序·春晚感怀》，全词四片，二百四十字，要算词中最长的了。另外由于节奏有急缓之别，词调上往往标着‘令’‘引’‘近’‘慢’等字眼儿。”

唐代诗人已填词

开始的时候，词只在民间流行。渐渐地，文人也来染指。据说文人中最早填词的是李白，他的《菩萨蛮》和《忆秦娥》受到后人的推崇：

平林漠漠烟如织，寒山一带伤心碧。暝色入高楼，有人楼上愁。　　玉阶空伫立，宿鸟归飞急。何处是归程？长亭更短亭。

箫声咽，秦娥梦断秦楼月。秦楼月，年年柳色，灞陵伤别。　　乐游原上清秋节，咸阳古道音尘绝。音尘绝，西风残照，汉家陵阙。

这两首词意境开阔，感慨深沉。像“西风残照，汉家陵阙”，带着雄浑悲壮的气象。有人说此词为“百代词曲之祖”，确有道理。——不过也有人表示怀疑，说这两首词很可能是后人所作，借用李白的名字罢了。

比较可靠的唐人词作，是张志和（约732—约774）的五首《渔歌子》。张志和也曾做过官，后来隐居江湖，自号烟波钓徒。《渔歌子》第一首这样写道：

西塞山前白鹭飞，桃花流水鳜（guì）鱼肥。青箬笠，绿蓑衣，斜风细雨不须归。

你看，山、水、箬笠、蓑衣，都是绿色的。一片青绿之中，又点缀着粉红色的桃花、雪白的鹭鸟，水乡的景致真是够美的，何况这儿还有肥美的鳜鱼呢！难怪斜风细雨也打不断渔人的兴致。

张志和曾在湖州刺史颜真卿门下做客，颜真卿问他有何要求，他说：给我打一条新船，让我以船为家，泛舟苕溪，也就满足了。苕溪在吴兴，流经西塞山。

大诗人白居易也填词，他的《忆江南》共三首，人们最熟悉的是这首：

江南好，风景旧曾谙（ān）。日出江花红胜火，春来江水绿如蓝，能不忆江南！

江南多水，一切美都跟水分不开。江花胜火，江水如蓝，色彩是多么明艳！怎么能不让人怀念、陶醉呢？

温、韦词与“花间派”

中唐以后，写词的人多了起来，温庭筠（yún）是这一时期影响最大的词人。温庭筠（约812—866）原名岐，字飞卿，先祖温彦博做过宰相，到他这一代，家境已经衰落。据说他才思敏捷。参加考试时，须做八韵律赋一篇。只见他把手一叉，就吟成一韵，八叉而八韵成，因此人称“温八叉”。又说由于他常在考场“帮助”别的考生（俗称“作弊”），被考官赶出，终生未中进士。

温庭筠

温庭筠的诗跟李商隐齐名，时称“温李”。他的《商山早行》诗里有“鸡声茅店月，人迹板桥霜”一联，写行路人的辛苦，使人读了有身临其境之感。

可是跟诗相比，他的词更出名。温庭筠一生潦倒，郁郁不得志，因而经常出入歌楼妓馆，生活态度挺消极。他的词，大多是写给歌女的，写的也都是歌女的生活。然而其中不乏生动有味儿的作品。像这一首《菩萨蛮》：

小山重叠金明灭，鬓云欲度香腮雪。懒起画蛾眉，弄妆梳洗迟。　　照花前后镜，花面交相映。新帖绣罗襦，双双金鹧鸪。

这里写一位女子起床梳妆的情景：女子才醒时，头上的首饰在晨光中闪亮，流云似的鬓发垂到雪一样白的香腮上来。起来慢腾腾地梳洗毕，用前后两面镜子照照头上插的花，花美，脸庞更美。拿起针线绣花，花样子是一对金色鹧鸪——鸟都能成双成对的，可是人呢？这最后一句里，好像隐藏着这么一丝感叹。

温庭筠的诗词优美含蓄，善于烘染一种香艳温柔的气氛。这种风格，往下影响了好几代人。五十年后，有个“花间派”，就把温庭筠奉为祖师。

不过据说温庭筠其貌不扬，人送外号“温钟馗”——钟馗是唐玄宗时的举子，才高八斗，却因面貌丑陋被取消了进士资格。他一怒之下，头撞殿柱而死，死后封神，专能捉鬼！——读温庭筠的词，却很难跟这个绰号挂上钩。

说到“花间派”，那已是五代时的事了。五代是个乱世，不到六十年，换了五个朝代。皇帝你下我上，走马灯似的，仗也打个没完没了。可是在长江南岸，却还有两片富庶安宁的土地。一是长江上游的前蜀，一是长江下游的南唐。这两处就成了词的温床。

“花间派”出在前蜀。在那儿，从皇帝到大臣，都喜欢填词。

有个叫赵崇祚的把这些词连同温庭筠的词编选成册，就叫《花间集》。“花间派”这个名称就是这么来的。

《花间集》收了十八位词人的五百首词，大多是妇女题材，脂粉气很浓。不过像韦庄、李珣等几位，也有一些好作品。

韦庄前头已经提到，他的词跟温庭筠齐名，两人并称“温韦”。韦庄的一些词感情真挚，疏朗自然。有五首《菩萨蛮》挺有代表性，看看这一首：

人人尽说江南好，游人只合江南老。春水碧于天，画船听雨眠。　　垆边人似月，皓腕凝霜雪。未老莫还乡，还乡须断肠。

词的上片夸说江南风光之美，选取“春水碧于天，画船听雨眠”两个富于诗意的画面，写出水乡特有的韵味。下片写江南的人：卖酒女郎皎洁如月，递送酒杯的一双手像是冰雪凝成的——年轻的游子还是别忙着回乡去吧，离开这么美的景和人，是要后悔一辈子的！末尾两句跟开头呼应，着意刻画出江南的美丽迷人来。

皇帝词人，李璟、李煜

南唐词派比花间词派略晚。这一派的代表作家是南唐的两位皇帝：中主李璟和后主李煜（yù），另外还有一位宰相冯延巳。

李璟和李煜这爷儿俩没赶上好时候，面对北方强大的武力威胁，几乎束手无策，抱着得过且过的态度，只能算是“庸主”。不过作为词人，两人却又十分出色。李璟（916—961）留下的词不多，有两首《浣溪沙》，堪称代表：

> 手卷真珠上玉钩，依前春恨锁重楼。风里落花谁是主？思悠悠。　　青鸟不传云外信，丁香空结雨中愁。回首绿波三楚暮，接天流。

这首词模拟一位闺中少女的口吻：在落花时节，漫卷珠帘，春日的愁绪弥漫在楼宇之间，一切仍是老样子。看着风中飘荡无依的落花，少女想到自己的归宿——有谁能代自己传递爱情的消息呢？迷蒙的春雨中，丁香蓓蕾初放，却徒增愁怀。傍晚的江水向天边流去，显得那么无情！

词人对女性心理的体会，可谓细腻入微。不过也有人反对说：词中明明表现着李璟面对北方威胁的忧愁无奈——这恐怕是把这首小词过于“政治化”了。

在另一首《浣溪沙》中，李璟还有“细雨梦回鸡塞远，小楼吹彻玉笙寒”的佳句，同样为人称道。

李煜（937—978）是李璟的第六子，承袭帝位，世称“后主”。他是亡国之君，一生

后主李煜

经历了由皇帝到囚徒的大变化，他的词曲创作也可分为前后两个阶段。前一段多写宫廷生活、男女爱情，后一段则寄寓了深沉的亡国哀怨。

跟父亲一样，李煜也多愁善感。有一首《相见欢》，是写离愁的名篇：

无言独上西楼，月如钩，寂寞梧桐深院锁清秋。
剪不断，理还乱，是离愁。别是一般滋味在心头。

“无言”而又“独上”，太凄凉、太寂寞了！这离愁缭乱悠长，“剪不断，理还乱”，无法排遣。到这个地步，文字已经难以描摹，因而词人只能说一句“别是一般滋味在心头”！

开宝八年（975），宋朝大兵压境，攻破金陵。李煜出降后，被掳到汴京，并于三年后遇害。这段时间，亡国的感慨成了李煜词的唯一主题，词的感染力也大为提升。有一首《虞美人》，是这一时期的代表作：

春花秋月何时了，往事知多少？小楼昨夜又东风，故国不堪回首月明中。　　雕栏玉砌应犹在，只是朱颜改。问君能有几多愁？恰似一江春水向东流。

月光下迷人的故国山河及华丽宫殿，曾经那么令人陶醉，可如今连回想的勇气都没有了！江山如旧，人事已非，这亡国丧家的愁绪，犹如浩荡春水，奔流不息！

一去不回的江水，成了李煜词作中的主题，读读这两首，也是入宋后所作：

林花谢了春红，太匆匆。无奈朝来寒雨晚来风。　胭脂泪，留人醉，几时重（chóng）？自是人生长恨水长东！

（《相见欢》）

帘外雨潺潺，春意阑珊。罗衾（qīn）不耐五更寒。梦里不知身是客，一晌贪欢。　独自莫凭栏，无限江山，别时容易见时难。流水落花春去也，天上人间。

（《浪淘沙令》）

前一首写落花纷谢，引发词人光阴易逝的感叹。从前的好日子还能再来吗？一句“人生长恨水长东”，写出词人的绝望！

后一首写料峭春寒，拥衾而眠，在梦中贪恋片刻的欢娱，竟忘记眼下的囚徒身份。醒来最怕独自凭栏，大好河山再无缘相见！流水落花，春光难再，昨天今日，真是一个天上，一个地下！

近代学者王国维评价说：“词至李后主而眼界始大，感慨遂深。”李煜的愁怀是任何词人都不曾体验过的，因为他失去的，是一个富饶而美丽的国家啊！

另有词家冯延巳（903—960），官至南唐宰相。他宰相做得不咋样，却填得一手好词。像那首《谒金门》，起首两句是“风乍起，吹皱一池春水”，一个“皱”字，用得格外传神。

中主李璟曾和他开玩笑说："'吹皱一池春水'，干卿何事？"冯延巳答道："未如陛下'小楼吹彻玉笙寒'！"冯延巳的话，似乎是反唇相讥："小楼吹彻玉笙寒"又跟您有啥关系呢？其实两人是惺惺相惜，"小楼吹彻玉笙寒"正是李璟的得意之句！

唐传奇风靡一时

唐代的才子们除了吟诗填词，还喜欢写小说。当然是用文言撰写的，也称唐传奇或唐人小说。

唐代实行科举取士，士人除了攻读经书、研习诗文外，还要做一点儿"公关"工作：便是拿自己的文章去拜访名公大僚，希望得到他们的赏识和引荐。

士人带去的作品，往往就是传奇小说之类。因为传奇中既有叙事又有咏赞，还夹杂着议论，能全面体现一个人的文学才能，加之故事生动、文采斐然。名流巨公们读得高兴，替他一宣传，考中的概率也便大大增加了！

唐以前的小说大都谈神说鬼，如《搜神记》之类。可是到了唐传奇里，现实内容占了主要地位，书生、妓女等也成了小说的主角。跟六朝小说相比，艺术上也有了很大提高，虽非长篇巨制，可小说的结构、情节、语言及人物刻画等，都有了很大进步。——可以说，中国真正的小说创作，是从唐传奇开始的。

唐传奇大体可以分成爱情和豪侠的两大类：前者像《莺莺传》《李娃传》《霍小玉传》《无双传》《柳毅传》等，后者如《红线传》《昆仑奴》《虬（qiú）髯客传》等。还有一类带讽刺和劝诫意味的，像《东城老父传》《枕中记》及《南柯太守传》等。

李娃、莺莺，爱情传奇

《李娃传》的作者白行简（776—826）是白居易的弟弟。这篇传奇是作者根据市人小说《一枝花话》加工改编而成的。

《李娃传》一开头，写官宦人家子弟荥阳生进京赶考，一到长安，便被京中名妓李娃迷住了。他搬到李娃家中居住，整天“狎对游宴”，早把应举的事丢在了脑后。一年以后，李家老鸨（bǎo）见他钱财荡尽，就要个花招，把他甩掉了。

荥阳生大病一场，举目无亲，只好到“凶肆”给人家唱挽歌换口饭吃。——“凶肆”就是专门替人家办理丧事的店铺，如同今天的殡仪馆。

有一回，长安两家凶肆举行比赛，荥阳生登高一唱，“举声清越，响振林木”，大出风头。可巧他爹荥阳公因进京办事，也来看热闹，发现儿子干上这丢人的行当，一怒之下，把他拖到江边打个半死，扬长而去。

荥阳生靠着讨饭勉强活下来。一个大雪天，他饥寒交迫，正沿门哀号，忽然碰到李娃。李娃痛哭说：让你落到这一步，实在是我的罪过啊！她把荥阳生带回家，不顾老鸨的反对，为他调养好身体，又督促他捡起旧日的功课。几年以后，荥阳生连中数科，终于成了朝廷命官。——在故事的最后，荥阳公也来认儿认媳，李娃还被封为汧（qiān）国夫人哩！

崔莺莺小像

故事情节曲折，人物生动。李娃是个地位低贱的妓女，可是在作者笔下，她是那么美丽、真诚，有见识又富于同情心。荥阳生虽然中了进士，做了贵官，他却始终是个弱者，一切听从李娃的安排。这种写法，真是意味深长。

《莺莺传》和《霍小玉传》同样是爱情故事，可里面的男主人公却都是负心的家伙。《莺莺传》的作者就是诗人元稹（779—831）。不少人认为，传中的张生就是元稹的化身。张生对表妹崔莺莺一家有保护之恩，其后他跟莺莺私下相爱，莺莺的丫鬟红娘成了牵线人。以后张生进京赶考，出于对自己前程的考虑，断绝了与莺莺的恋爱关系。——《莺莺传》后来被元代戏曲家王实甫改编成《西厢记》，成了最享盛名的元杂剧作品。

《霍小玉传》的作者是蒋防，故事的男主人公，是“大历十才子”之一的李益。他跟京城名妓霍小玉要好，海誓山盟，好话说尽。可一旦当上大官，他立刻抛弃了小玉，连面也不肯见。还是一位黄衫侠客看不下去，硬逼着他去看病重的小玉，而小玉就死在他怀里。

后来李益得了怪病，总疑心妻子背叛自己，出门时要把妻子扣在大澡盆底下，还贴上封条。——恶人有恶报：他这是患了心理疾病啦！

黑奴号“昆仑”，变驴“三娘子”

说起传奇，不能不提裴铏（860年前后在世）。他写过不止一篇传奇小说，著有《传奇》三卷。——“传奇”这个名称，也是这么来的。

裴铏有三篇传奇最有名：《昆仑奴》《裴航》和《聂隐娘》。《昆仑奴》也是爱情题材，只是在男女恋人之间，出现了侠客。有个贵族子弟崔生到父亲的老友、一位“盖代之勋臣”家中去探病。临别时，大臣身边的红衣歌妓送他出门，向他打了一些莫名其妙的手势。

崔生回家左思右想，猜不透其中的含义，茶饭不思。家里有个叫摩勒的昆仑奴知道了，说：一点儿小事，干吗不早说呢！他给崔生解释手势的含义，说是红衣女子约他十五月圆时到府中第三院与她幽会。

到了那天，摩勒先除掉府中的守门的猛犬，然后身背崔生越过十几道高墙去跟女子见面，最后又帮助二人逃离府中，结为眷属。

“盖代之勋臣”派了五十名甲士来捉摩勒，摩勒手持匕首跃出高墙，竟不知去向！十几年后，有人看见他在洛阳市中卖药，连模样也没变！——这大概是中国最早的侠客小说了。

在唐代，许多黑人被阿拉伯商人卖到中国为奴，人称昆仑

佛教壁画中的“昆仑奴”形象

奴。据学者考证，昆仑奴本是“昆仑层期国”人。“昆仑”是黑的意思，“层期”即“桑给”，也就非洲东海岸的桑给巴尔（比现在的桑给巴尔范围要大）。小说中的昆仑奴虽然身份低贱，却有着侠肝义胆，他一旦施展本领，连“盖代之勋臣”也拿他没办法！

说到外来题材的影响，还有一篇《板桥三娘子》，收在薛渔思的笔记小说《河东记》。

话说汴州西边有个小客店叫板桥店，女店主三娘子，是个三十岁上下的寡妇。她家养着许多驴，哪位客人有需要，她就低价卖给人家一头。

有个姓赵的客商来住店，夜间听见隔壁有动静。他从壁缝偷瞧，不禁大吃一惊！原来三娘子会魔法，夜间驱使六七寸的木偶人和木牛，在床前地面上播种荞麦，不大工夫便结籽收获。三娘子把荞麦磨成粉，制成烧饼，早上当点心拿给客人吃。赵客躲了出去，在外偷看，只见客人们吃了烧饼，一个个全都变成了驴！而他们的财物行李，自然也都归了三娘子。

赵客心生一计，不久后又来店中投宿。他预先准备了几个烧饼，到时候与三娘子的饼掉了包，又假意请三娘子尝尝“自己带来的烧饼”——其实正是三娘子的毒烧饼。三娘子吃罢大叫一声，匍匐在地，变成一头健壮的驴子！赵客骑着它东奔西走，日行百里也不在话下！

四年后的一天，赵客遇见一位老人。老人一见驴子，拍手大笑，说：三娘子怎么会有今天！他向赵客讨了驴子，用手在驴子的口鼻处一掰，三娘子顿时从驴皮中跳出来。她谢过老人，转头离开，竟不知去向！

女巫把人变成驴、变成猪，这本是个世界性的民间传说，在古代的亚洲、非洲、欧洲都有流行。有学者研究说，故事中的板桥，应指山东密州的板桥镇。唐宋时，那里是海外贸易的重要码头。这个传说，说不定便是唐代阿拉伯商人带来的呢。

唐传奇与后世戏曲

沛沛问爷爷："有个'黄粱一梦'的成语，我听老师说，是来自唐传奇。"

爷爷回答："没错，是出自沈既济的《枕中记》。有个卢生，总是叹息自己运气不好。一次他在道旁小客店偶遇道士吕翁，他枕着吕翁递给他的瓷枕入睡，在梦中娶了阔太太，发了财，还中进士当官，居然干得不赖。老百姓都为他立碑颂德。以后官越做越大，一直当到宰相。

"可是'树大招风'，不久他遭人陷害下了大狱。于是哭着对妻子说：当初咱家在山东，有几顷地，够吃够喝的，何苦来当这个官儿？事到如今，再想穿着小皮袄骑着小青驴在邯郸道上闲溜达，算是不能够啦！——幸亏朝中有人保他，才免去一场灾祸。

《枕中记》插图

“这以后卢生一再升发，位至三公，五个儿子全都当上大官，自己活到八十岁，享尽荣华富贵！——可是一觉醒来，发现自己依然躺在邯郸道旁的小客店里，掌柜的黄粱饭还没煮熟呢！他顿时明白了，这是活神仙吕洞宾点醒他呢：人人追求荣华富贵，然而再辉煌的人生，也不过是烧饭工夫的一场春梦！

“类似题材的唐传奇，还有李公佐（生卒年不详）的《南柯太守传》，讲酒徒淳于棼（fén）一次喝醉酒，被朋友送回家，在大槐树下酣眠。恍惚之间，有两位紫衣使者邀请他上车，载着他来到‘大槐安国’。

“槐安国王招他做了驸马，仗着公主的势力，他还当上了南柯郡的太守，而且一当就是二十年。这期间，他生儿育女，加官晋爵，好不得意。可是不久，公主死了，淳于棼的官运也到了头！他这才想起：这儿并不是自己的家。

“等淳于棼一觉醒来，发现自己仍然睡在大槐树下，送他回家来的朋友，还没洗完脚呢！他跟朋友一块儿劈开大槐树，在树洞里发现一窝蚂蚁——这就是‘大槐安国’啊！大树南枝上也有个蚁洞，那自然就是‘南柯郡’啦！

“这两个故事讽刺了那些迷恋利禄的人们，好像是说：你们自以为官高禄厚、多么了不起，其实不过是小客店或蚂蚁洞中虚幻的梦罢了！——这两篇传奇后来被明代戏曲家汤显祖改编成戏曲《邯郸记》和《南柯记》。‘黄粱一梦’‘南柯一梦’的典故，也由此而来。”

因为提到戏曲，爷爷又补充说：“唐传奇影响不小，后世不少戏曲，便是根据唐传奇改编的。如《莺莺传》改编成元杂剧《西厢记》，《李娃传》改编成元杂剧《郑元和风雪打瓦罐》《李亚仙诗酒曲江池》等。汤显祖除了改编《枕中记》和《南柯记》，还把《霍小玉传》改编成《紫钗记》。——对了，汤显祖所用的戏曲形式也叫‘传奇’，有人说，这就是因剧本多从唐传奇取材的缘故。”

第 27 天

宋初文坛与词人柳永

两宋文学，青葱满目

大槐树开过花，开始结出豆荚般的槐角。树叶也更茂密了，碧沉沉的，月光也难透过。大槐树下的文学讲座已进行了将近一个月。今天，知道爷爷要讲宋代文学，沛沛早早把藤椅和茶几预备好。

“宋代又分北宋跟南宋，皇帝都姓赵。”爷爷先来介绍点儿历史常识。“北宋开国皇帝赵匡胤（yìn）本来是五代时后周的大将，后来发动陈桥兵变，黄袍加身，做了皇帝，改国号为宋。国都就设在今天的开封，当时叫汴京，也叫东京。

“宋虽然统一了中国，可从娘胎里就带着‘虚症’，不但国土没有汉、唐那样辽阔，还得不时拿布帛钱财打点北方的辽、夏、金几个少数民族政权，搞得自家‘积弱积贫’。

“后来金人强大起来，把宋政权赶到南方。高宗赵构在杭州建立临时首都，就叫‘临安’。历史上把这一时期称作南宋。以后蒙古人强盛起来，先后灭掉金、宋，宋朝三百年历史，于是宣告完结。

“宋代文学成就最高的是词——‘唐诗宋词’嘛！像柳永、

《清明上河图》中繁华的宋代都城景象

苏轼、陆游、辛弃疾，还有女词人李清照，都是词中大家。从数量上看，宋代留下作品的词人有一千四百多位，保留至今的作品，有两万多首呢！

“宋代的诗，似乎风头不如词，但也有发展，出现了新的风格流派，出色的诗人和诗作也不少。不过纵向比，成就不如唐；横着比呢，桂冠又让词夺去了，自然要受点儿委屈。

“宋代的散文是中国古代散文发展的又一个高峰。唐宋八大家，有六家出在宋。欧阳修领导的新古文运动继承了韩愈的文学主张，为宋代散文发展埋下牢固的基石，并影响到明代和清代。难怪人们称颂欧阳修是‘宋代的韩愈’呢！

“宋代的戏曲和话本小说也开始发展起来。不过这像是一株大树刚长出嫩条，真正的枝繁叶茂，还在后头呢！”

“西昆体”与柳、穆复古

先来看看宋初的文学情况吧。

宋代开国，政治上经济上都有了新气象，可是文坛上却没多大起色。晚唐、五代那种辞藻华美、内容空洞的文风还没脱尽呢！诗坛上正流行的，是一种“西昆体”诗歌。

怎么叫“西昆体”呢？原来有个受皇帝赏识的文人叫杨亿，编了一本《西昆酬唱集》，里面包括十几位御用文人的近二百五十首近体诗。这些文人大多出入秘阁，那里是皇家图书馆。而在传说中，昆仑以西的群玉之山是帝王藏书之府。于是“西昆体”这个名号，就这么叫起来了。

西昆派的主要作者除杨亿外，还有刘筠、钱惟演等人，诗中歌唱的，主要是宫廷里的优游生活。诗题尽是些“夜宴”啊，“秋夜对月”啊，“无题”啊，什么的，不见得有什么真实感触，只是为作诗而作诗罢了。——就是这种西昆体，在宋初文坛风行了几十年。

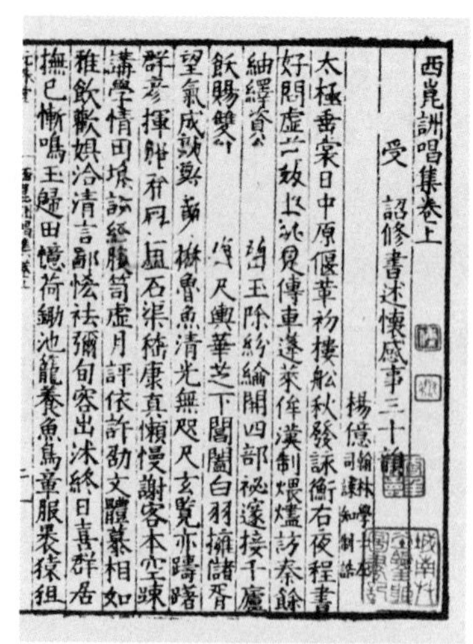
西崑酬唱集卷上
受詔修書述懷感事三十韻　楊億　翰林學士 司諫知制誥
太極垂象日中原偃革初樓船秋發詠衡石夜程書
好問虛亡致求書見傳車蓬萊俾漢制煨燼訪秦餘
紬繹資公　彤玉除紛綸開四部祕邃接千廬
飫賜雙鉸　伐尺輿華芝下閶闔白羽攄儲胥
望氣成鼓歎　擲魯魚清光無咫尺玄覽亦躊躇
群彥揮毫翰　虛石渠嵇康真懶慢謝客本空疏
講學情田墩訴經腹笥虛月評依許劭文體慕相如
雅飲歡娛洽清言鄙悋祛彌旬容出沐終日喜群居
撫己慚鳴玉疑田憶荷鋤池能養魚鳥童服衮猴狙

《西昆酬唱集》书影

不过据说杨亿很有才。一次皇后辞世，契丹派使者来致祭。皇上让杨亿读祭文，可打开来，却是白纸一张！杨亿并不慌张，现编现念：“惟灵巫山一朵云，阆（làng）苑一团雪，桃源一枝花，秋空一轮月——岂期云散雪消、花残月缺……”

在西昆体盛行时，也有不赶浪头的。例如有位隐居林下的诗人林逋（967—1028），人称“和靖先生”的。且看他的一首《山园小梅》：

众芳摇落独暄妍，占尽风情向小园。
疏影横斜水清浅，暗香浮动月黄昏。
霜禽欲下先偷眼，粉蝶如知合断魂。
幸有微吟可相狎，不须檀板共金尊。

冬寒未消，众花衰败，只有梅花一枝独放，占尽小园风情。花枝的倩影映在水中，花朵的香气在月夜中飘浮。梅花之美，令禽鸟不敢正视，只能活在春夏的粉蝶更是无从想象。只有诗人的清词丽句配得上它，一切艳歌美酒，都是对它的亵渎！——不用说，这凌寒独放的梅花，就是诗人的自我写照啊！

林逋一生未娶，隐居在杭州西湖的孤山上，种梅养鹤，号称“以梅为妻，以鹤为子”。相传他常常在湖中放舟，家中有客人来，童子便放一只鹤飞上天空，不一会儿林逋的小舟便回来了。

当西昆体耸动天下的时候，也有人认真地从事着散文创作。有个文人柳开（947—1000），从小就喜读韩愈的文章。他自称要以孔子为师，以孟子为友，还把扬雄、韩愈、柳宗元当成学习的榜样。他把自己的名号改成“肩愈”和“绍元”，可见他对韩愈、柳宗元是多么崇拜！

柳开主张既要学习孔、孟、扬、韩的“文”，更要学习他们的“道”。他是宋代头一位在理论上提倡“复古”的人。虽然他的文章还不够纯熟，可这“头一个”却是很可贵的。

柳开性格豪放，做事张扬。他去拜见主考官，自己用独轮车推着一千轴文章进门，人们都赞赏他的气魄！

还有一位穆修（979—1032），脾气耿直，落落寡合，一生不得志。他跟柳开一样，十分推崇韩、柳。还特地向亲友借了钱，刻印了几百部韩、柳文集，拿到东京大相国寺亲自叫卖兜售。有读书人拿起来翻阅，他一把抢过来，瞪着眼说：你若能一字不错地读一篇，我宁愿白送你一部！——结果一年也没卖出一部！

穆修自己没拿出啥好作品，他和柳开呼唤“复古”的声音，没能引起人们的注意。

王禹偁：《待漏》刺贪，竹楼听雪

跟柳开、穆修同时的，还有一位王禹偁，写得一手好文章。

王禹偁（954—1001）出身贫寒，中过进士。他为人耿直，做官屡遭贬黜（chù）。可他不肯低头，写了一篇《三黜赋》，说自己身体可以受委屈，“道”却是不能弯曲的；只要坚持正道，即使贬谪一百回，也心甘情愿！

王禹偁的文章跟他的为人一样光明正大，文字也明白晓畅。《待漏院记》就颇有代表性。——待漏院是宰相上朝前歇脚的地方。王禹偁把这篇文章抄在待漏院的墙壁上，是专给宰相看的。

宰相在待漏院中准备上朝时，心里在想什么？文章模拟宰相的心思，写了三种不同表现。有的此时此刻脑子里装的全是为国为民的念头：怎样安抚百姓啊，平定四方啊，推荐贤才啊，贬斥奸邪啊，等等。可有的却糟透了，他们满肚子“私心慆（tāo）慆”，打的全是个人如何升官发财的小算盘。对于这种宰相，王禹偁主张“下死狱，投远方”，怎么处置也不过分！此外还有一种“窃位而苟禄，备员而全身”（占据高位而只贪图利禄，在朝廷充数而只知保全自己）的宰相，作者认为也是毫不足取的。

王禹偁笔锋犀利，对身居高位者毫不客气。假若真有那么一位打着鬼主意的宰相，在待漏院中抬头看见墙上的题记，一定会如芒刺在背、坐立不安的！

《黄州新建小竹楼记》则是王禹偁的一篇优美的抒情散文。王禹偁被贬到黄州做刺史时，用那里盛产的竹子搭起一座竹楼。文中写住在竹楼中的感受和乐趣：

> ……远吞山光，平挹（yì）江濑，幽阒（qù）辽敻（xiòng），不可具状。夏宜急雨，有瀑布声；冬宜密雪，有碎玉声。宜鼓琴，琴调和畅；宜咏诗，诗韵清绝；宜围棋，子声丁丁然；宜投壶，矢声铮铮然。皆竹楼之所助也。

在这样的楼中居住，的确妙不可言。但作者回忆“四年之间奔走不暇”的遭遇，又担心在这里也住不长。——不过王禹偁的担心成了多余的，他从此再也没能离开这贬谪之地，一直到死。

王禹偁文章学韩愈、柳宗元，诗歌学杜甫、白居易。有人称赞他是杜甫转世，他写诗说：“本与乐天为后进，敢期杜甫是前身？”（本来想给白居易当学生，又怎敢期待前世是杜甫呢？）

他有一首《对雪》，写天降瑞雪，举酒庆丰年，却忽然想到边地的百姓和士兵，在这严寒天气里正不知如何痛苦；而自己“不耕一亩田，不持一只矢”，空居官位，无所作为，内心感到惭愧万分。这正是杜甫、白居易的新乐府格调，与当时流行的西昆体大不相同！

奉旨填词柳三变

北宋前期的词坛已经开始繁荣。这时最出色的词人当推柳永。柳永（约987—约1053）字耆（qí）卿，原名三变。因为排行第七，人们又唤他柳七。他出身官宦人家，年轻时生活放纵，常常在歌楼妓馆里打发日子，是有名的风流才子。

他跟歌伎舞女非常要好，常常为她们填词，指导她们歌唱。所填的词，多半用俗语，内容自然也是以写妇女生活的居多。

他也醉心功名，可考不中就发牢骚。有一首《鹤冲天》词，就是他落第时写的：

> 黄金榜上，偶失龙头望。明代暂遗贤，如何向？未遂风云便，争不恣狂荡。何须论得丧？才子词人，自是白衣卿相。　　烟花巷陌，依约丹青屏障。幸有意中人，堪寻访。且恁偎红依翠，风流事，平生畅。青春都一饷。忍把浮名，换了浅斟低唱。

词写得明白如话，一上来先交代：金榜题名做个“龙头”，已是没有指望了。又说，政治清明的时代，被朝廷遗失的贤才又该去哪里？——干一番事业的心愿算是落了空，还是痛痛快快放纵自己吧，管他什么得失呢，风流才子、填词高手，就是那不穿朝服的公卿宰相呀！

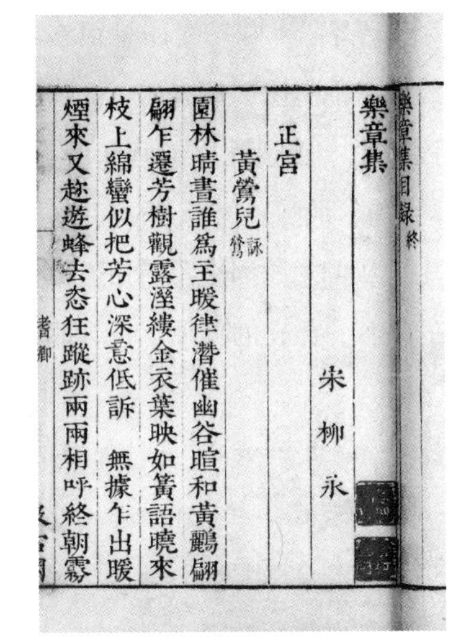
樂章集目録終

樂章集

宋 柳永

正宮

黃鶯兒 鶯詠

園林晴晝誰爲主暖律潛催幽谷暄和黃鸝翩
翩乍遷芳樹觀露溼縷金衣葉映如簧語曉來
枝上綿蠻似把芳心深意低訴 無據乍出暖
煙來又趂遊蜂去恣狂蹤跡兩兩相呼終朝霧

柳永《乐章集》书影

下片的意思更明了：到哪儿去寻找安慰呢？还是到“烟花巷陌”去吧，那里有“意中人”，她们才是最贴心的朋友。“偎红依翠”，多么快活！青春一会儿工夫就消逝了，我怎么忍心拿“浅斟低唱”的惬意生活，去换取那科举“浮名”呢？

据说，柳永这首词传到宋仁宗耳朵里，这位皇帝很不高兴。刚好有人推荐柳永做官，仁宗说：就是那个填词的柳三变吗？他还是去“浅斟低唱”的好，干吗要这“浮名”呢？填他的词去吧！——传说这话被柳永知道了，他索性自称是“奉旨填词柳三变”了！

今宵酒醒，晓风残月

其实“忍把浮名，换了浅斟低唱”只是一时的牢骚。对于那个“浮名”，柳三变还是很在乎的。到五十岁时，他改名柳永，终于考取进士，后来做了几任小官儿，也并不如意。他大概始终没结婚。传说死后连营葬的人也没有，是歌女们凑钱把他埋葬的。以后她们每年还举行“吊柳会”呢！

从柳永的词里我们知道，他大概常常在外奔波，饱尝了离别的痛苦、旅途的孤单。且看那首《雨霖铃》：

寒蝉凄切，对长亭晚，骤雨初歇。都门帐饮无绪，留恋处，兰舟催发。执手相看泪眼，竟无语凝噎。念去去，千里烟波，暮霭沉沉楚天阔。　　多情自古伤离别，更那堪，冷落清秋节！今宵酒醒何处？杨柳岸，晓风残月。此去经年，应是良辰好景虚设。便纵有千种风情，更与何人说？

这大概是词人远离京城，跟心上人告别时所作。天近黄昏，秋雨刚停，秋蝉凄凉地叫着，酒也喝得没情没绪的。船在催着起锚呢，一对情人拉着手含着泪，一句话也没有，只剩下哽咽的份儿。这一去，水远山长，前途就跟这沉沉暮霭一样渺茫！

词的上片是描述眼前，下片是悬想未来：离别本来就够痛苦的，何况又赶上这凄凄冷冷的秋天。今夜明晨酒醒的时候，船不知要行到什么地方了。那会儿心上人又在哪儿呢？只剩下晨风吹拂着岸柳，残月照着行船，让人怎么受得了？这一去年复一年的，也会遇到良辰美景，也会有深情蜜意，可是离开了你，又跟谁同赏、向谁诉说呢？

福建崇安柳永纪念馆

词的结构像是行云流水，找不出衔接的痕迹。先是写离别的时间、地点，再写分手的场面。由“念去去”一句引起对前途的感念，很自然地又联想到今夜的情形以及今后的景况。词人的感情也多用景致烘托出来。“杨柳岸，晓风残月”只七个字，把凄凉的心境全都衬托出来。词人的高明，也正在这些地方。

误几回、天际识归舟

还有一首《八声甘州》，不知是何时所作，倒可以跟这一首合读。那是写词人漂泊在外怀念故乡和亲人的作品：

对潇潇暮雨洒江天，一番洗清秋。渐霜风凄紧，关河冷落，残照当楼。是处红衰翠减，苒（rǎn）苒物华休。惟有长江水，无语东流。　　不忍登高临远，望故乡渺邈，归思难收。叹年来踪迹，何事苦淹留？想佳人、妆楼颙（yóng）望，误几回、天际识归舟。争知我、倚阑干处，正恁凝愁！

也是秋天的黄昏，也是雨后，江天被洗过了似的。秋风阵阵，山河冷落，楼头刚好对着夕阳。凭栏远望，田野的红花绿树渐渐凋零了，“惟有长江水，无语东流”——这不变反衬着“苒苒物华休”的变化，益发令人伤感。

词的下片重在抒情。登高远望，故乡邈远，乡思怎么也收不住。想想一年来的行迹，究竟有什么值得在这儿苦守的呢？故乡的心上人一定盼着我呢！看着天边驶过的行船，不知有几回把别人的船错认作我的归舟！她又怎么知道，此时我正倚着栏杆，同样是愁思难解呢！

柳永很会把别人的佳词丽句熔炼到自己的词中来。像“误几回、天际识归舟”，就让我们想起谢朓的“天际识归舟，云中辨江树”和温庭筠的“过尽千帆皆不是”。

在柳永之前，词大多数是小令。可是从柳永开始，长调——也叫慢调，用得多起来。像最长的《戚氏》，分三片，二百多字，简直比得上一篇短赋了。

还有一首《望海潮》，是柳永自创的词牌。词中极力咏叹钱塘的繁华，有“三秋桂子，十里荷花”两句，极写西湖之美。据说金主完颜亮读了这两句怦然心动，于是决计南侵。——虽不可信，却也说明柳词的魅力。

柳永还喜欢用俗语填词。像《定风波》里这些词句：“无

钱塘自古繁华

那，恨薄情一去，音书无个”“早知恁么，悔当初，不把雕鞍锁”“镇相随，莫抛躲，针线闲拈伴伊坐，和我”，都通俗极了。士大夫因而看不起他，说他的词不能登大雅之堂。可老百姓喜欢他的词。使臣从西夏来，说一路上凡是有井水吃的地方，都在唱柳词呢！

柳永是个传奇人物，他是最早的填词“专业户”。皇帝和士大夫都不喜欢他，他却在百姓中找到了知音。他在宋代的词坛上，坐着一把稳固的交椅。

奈何花落去，晏氏两词人

“这一时期的词人还有晏殊、晏几道父子俩，人称‘二晏’。”爷爷说，“晏殊（991—1055）自小是‘神童’，十四岁时应‘神童试’，皇帝特地批准他跟上千进士同堂考试。他却一点儿也不发怵（chù），卷子答得又快又好，由此获得‘同进士出身’的

当代人选编的《二晏词》封面

殊荣，官一直做到宰相。

“皇上喜欢晏殊，还因他诚实。考试时皇上亲自为他出题，他却说：这题目我十天前做过了，您换一个吧。后来他在翰林院任职，皇上派他到东宫陪太子读书，并说：我听说翰林院的臣僚都喜欢悠游宴饮，只有你每日读书不辍。晏殊回答：其实我也喜欢悠游宴饮，只因袖里没钱，若有钱，我也跟他们一样！皇上喜欢他诚实，对他更加信任了。

“晏殊的词很清新，最有名的是那首《浣溪沙》：

> 一曲新词酒一杯，去年天气旧亭台。夕阳西下几时回？　无可奈何花落去，似曾相识燕归来。小园香径独徘徊。

这首词含着伤春惜时的意思。‘无可奈何花落去，似曾相识燕归来’两句，被后人赞为‘天然奇偶’，就是词人自己也很得意呢！

“晏殊的儿子晏几道（1038—1110）也擅长填词，风格清丽宛转，一点儿不比爹爹的差。有一首《临江仙》，是吟咏爱情的：

梦后楼台高锁，酒醒帘幕低垂。去年春恨却来时，落花人独立，微雨燕双飞。　　记得小蘋初见，两重心字罗衣。琵琶弦上说相思，当时明月在，曾照彩云归。

这是怀念歌女小蘋的词作。上片写词人梦后酒醒孤独寂寞的心情，拿双飞的燕子反衬人的孤单。下片回忆跟小蘋初见时的情景。结尾说：当时映照着小蘋归去的月亮还在呢！——词句里含着人去楼空的悲哀。

“晏几道虽是贵公子出身，可一生穷困潦倒，但他不肯去敲富贵人家的大门。由于他的愁苦比爹爹多，因此他词中的感慨也要深一些。有人把晏氏父子比作南唐二主，从词的风格上看，还真有点儿相近！”

第 28 天

一代宗师欧阳修

附范仲淹、王安石等

“龙图老子”范仲淹

“昨天提到晏殊，他官居宰相，政务繁忙，填词只是闲时的消遣。晏殊重视教育，喜欢推荐贤才，像范仲淹、韩琦、富弼、欧阳修等大臣，都是他提拔的。”爷爷接着昨天的话题，说到了范仲淹。“范仲淹（989—1052）自幼丧父，家境贫寒。他寄居僧舍苦读，每天用两升粟米熬成粥，待粥凝成冻儿，就用刀划成四块儿，早晚各吃两块儿，再切几十根咸菜就着——‘断齑（jī，泛指咸菜）画粥’指的便是此事。

范仲淹

“以后他做了高官，家里有一顶蚊帐一直收藏着，帐顶乌黑。夫人常拿出来教育儿子们：这是你爹当年夜读时，油灯烟熏的！

“范仲淹为人正直，中进士，做高官，秉性不改，因直言敢谏而三次被贬。大家却说他‘三光’：一次被贬是‘极光（特别光荣）’，二次被贬是‘愈光’

（更加光荣），三次被贬是‘尤光’（尤其光荣）！

“范仲淹能文能武，在朝做到参知政事，还曾守边多年，西夏人不敢进犯，尊称他为‘龙图老子’，因他当过龙图阁学士。还说他‘胸中自有数万甲兵’。

“闲了，他也写点儿词，词的气势很大，跟唐五代的大不相同。最有名气的是这首《渔家傲》：

塞下秋来风景异，衡阳雁去无留意。四面边声连角起，千嶂里，长烟落日孤城闭。　　浊酒一杯家万里，燕然未勒归无计。羌管悠悠霜满地，人不寐，将军白发征夫泪。

大场面，大手笔，意境开阔，悲壮苍凉，不愧是出自‘胸中自有数万甲兵’的大将之手。跟那些‘舞袖’‘春衫’、‘花’呀‘月’呀的小词相比，完全是两重天地。可以这么说，范仲淹为词的题材开出了新路径。”

岳阳楼遐思：先天下之忧而忧

范仲淹最著名的作品，是散文《岳阳楼记》，那是应朋友之邀所写。朋友叫滕子京，因事被贬到湖南岳阳当官。岳阳洞庭湖边有座挺有名的岳阳楼，滕子京把它修饰一新，请范仲淹写一篇题记，范仲淹慨然应允。

在《岳阳楼记》里，范仲淹先用三言两语交代了重修岳阳楼的时间和缘由，接着便大写人们登楼时的所见所感。——岳阳是个四通八达的去处，南来北往的“迁客骚人”来到这儿，总要登楼远眺。然而洞庭湖的景色变化不定：

> 若夫淫雨霏霏，连月不开，阴风怒号，浊浪排空；日星隐曜，山岳潜形；商旅不行，樯倾楫摧；薄暮冥冥，虎啸猿啼。登斯楼也，则有去国怀乡，忧谗畏讥，满目萧然，感极而悲者矣。
>
> 至若春和景明，波澜不惊，上下天光，一碧万顷；沙鸥翔集，锦鳞游泳；岸芷汀兰，郁郁青青。而或长烟一空，皓月千里；浮光跃金，静影沉璧；渔歌互答，此乐何极！登斯楼也，则有心旷神怡，宠辱偕忘，把酒临风，其喜洋洋者矣。

洞庭湖上阴晴不定，人们登楼观览的心情也不一样。这喜怒哀乐，全是由外物的变化或个人的得失决定着。——范仲淹可不赞赏这种态度。他认为，真正的“古之仁人”，是“先天下之忧而

位于湖南岳阳洞庭湖边的岳阳楼

忧，后天下之乐而乐”——天下人还没发现忧患之前，他已经替天下人考虑对策了，天下人都安居乐业之后，他才跟大家共享安乐。这才是一位士大夫的正确态度呢！

范仲淹作《岳阳楼记》时，自己也被贬官在外，他的“先忧后乐”之说，既是鼓励滕子京，也是用来自勉呐！

范仲淹死后追封魏国公，加谥号“文正”，世称“范文正公”。

欧阳修扯起古文大旗

欧阳修比范仲淹晚生差不多二十年，两人同朝为官，还是志同道合的朋友。

欧阳修（1007—1072）字永叔，四岁上死了爹爹，寡母亲自教他读书。没钱买纸笔，就用芦柴棍在地上习字。欧阳修是个争气的孩子，又加上聪明过人，二十三岁就中了进士。

这时刚好范仲淹因上书批评朝政被贬官，满朝的官员都替他鸣不平。独有一个叫高若讷的谏官，顺着上面的意思，说范仲淹该贬。欧阳修就写了一封信给他，责骂他“不复知人间有羞耻事”，要他赶

欧阳修

紧让位！这封信就是有名的《与高司谏书》。

高若讷恼羞成怒，把信交给皇上，欧阳修因此也被贬官。——后来范仲淹东山再起，邀请欧阳修做他的书记官，欧阳修笑着谢绝他：当初我替您鸣不平，哪里是为个人呢？跟您一块儿降职，却不必一块儿升官啊！

欧阳修积极参与范仲淹推行的革新，做了不少好事，官一直做到参知政事，这是很高的职位，相当于副相。

欧阳修喜欢古文不是一天两天的事了。小时候，他家里穷，买不起书。正巧有个同乡家中富有。一次欧阳修到他家玩，看见有个破筐子装着许多旧书，从中拣出一本装订得颠倒错乱的《昌黎先生文集》来——那是韩愈的文集。

欧阳修向朋友讨了这书，带回家去读。这一读，就再也放不下。后来他藏书过万卷，这本残破的韩集，却始终不肯丢弃。

宋初以来，应试的举子中流行着一种生涩狂怪的文体，号称“太学体”。欧阳修主持礼部进士考试，凡是碰到这种“太学体”便一概排斥不取。考试完毕，一向喜欢闹事的落选举子们拦住马头大吵大闹，连街上巡逻的士兵也弹压不住。——可是从此科场上的文风发生了变化，文风趋向于平实简练。

醉翁之意不在酒

欧阳修自己的文章朴实自然，文辞简洁，道理讲得十分透彻。他的《朋党论》《与高司谏书》《醉翁亭记》《丰乐亭记》《泷（shuāng）冈阡表》，都是被历代传诵的散文佳作。

《朋党论》是他的政论文代表作。当时欧阳修跟范仲淹、韩琦、富弼等人推行新政，有人攻击他们搞“朋党”，也就是搞宗派——这在当时是个很要命的罪名。欧阳修于是写了这篇文章驳斥他们。

文中首先提出“朋党之说，自古有之”，重要的是要区分朋党的性质。他提出君子有朋、小人无朋的理论，说小人为了私利暂时勾结起来，一旦“利尽交疏”，就会反目成仇。至于君子，他们“所守者道义，所行者忠信，所惜者名节”，以此来修身治国，这才是“真朋”。国君只要“退小人之伪朋，用君子之真朋”，天下就能大治。——“朋党”本是贬义词，欧阳修却对它做了新的解释，这正是论辩的巧妙之处。

《醉翁亭记》则是一篇优美的抒情散文，是作者在新政失败被贬滁州时写的。那时他心情郁闷，思想矛盾，便常常四出游玩，喝酒吟诗，做出放达的样子，并自号“醉翁”。滁州琅琊山上有座亭子，欧阳修给它取名“醉翁亭”，并写了这篇游记。

游记开头先写醉翁亭的地理环境以及“醉翁”这个名号的来历，点出“醉翁之意不在酒”的主题。接着寥寥几笔带过山中朝暮四时的景物变化，然后把重点放到太守跟百姓同乐的场面上来：

> ……至于负者歌于途，行者休于树，前者呼，后者应，伛（yǔ）偻（lǚ）提携，往来而不绝者，滁人游也。临溪而渔，溪深而鱼肥；酿泉为酒，泉香而酒洌；山肴野蔌（sù），杂然而前陈者，太守宴也。宴酣之乐，非丝非竹；射者中，弈者胜，觥（gōng）筹交错，起坐而喧哗

者，众宾欢也。苍颜白发，颓然乎其间者，太守醉也……

不一时，“夕阳在山，人影散乱”，太守归去，林子里成了禽鸟的世界。“然而禽鸟知山林之乐，而不知人之乐；人知从太守而乐，而不知太守之乐其乐也。”太守正为百姓之乐而乐啊！

文章几乎每句都用“也”字结尾，全文共用了二十一个。然而，不但没让人感到重复单调，反而显得平和古雅，别有风味。

《醉翁亭记》语言精练，堪称楷模。文章开头概括滁州的地理环境，只用了“环滁皆山也”五个字。有人看过文章初稿，开篇最早用几十个字描述滁州周围的群山，但几经修改，全部删去，换成这五个字。——可见在文章的平易简练后面，不知隐含着作者多少锤炼之功啊！

有亭翼然

相传欧阳修每写一篇文章，总要贴在墙上，站着看，躺着看，字句改了又改，有时竟将原稿改得一字不剩！一次他为卸任高官韩琦的昼锦堂作记，写好后送出，又觉不妥，派人骑快马把文稿追回，只加了两个字。文章开篇原为："仕宦至将相，富贵归故乡……"，改后成为"仕宦而至将相，富贵而归故乡"，虽只加了两个"而"，文句顿觉舒缓顿挫，气象不同。

直到晚年，欧阳修还不断修改从前的文章。夫人劝他说：干吗还这么费心思，难道还怕先生（老师）嗔怪不成？欧阳修笑着回答："不畏先生嗔，却怕后生笑。"

铁笔著史，柔翰填词

欧阳修还是史学家。他参加修撰《新唐书》，还自著《新五代史》。他写的史传文章，篇篇生动流畅，引人入胜。传记前后的序跋文字，也都简洁中肯。在一篇《伶官传》的序言里，他拿后唐庄宗因宠幸优伶（演员）终于败亡的史实，说明"忧劳可以兴国，逸豫（安乐）可以亡身"的道理，后人称这篇文章是"千古绝调"，《五代史》中"第一篇文字"。

欧阳修还有一部笔记文集《归田录》。集子里多为随笔短文，言简味深。其中有个《卖油翁》的故事：有位卖油老汉，对身为高官擅长射箭的陈尧咨绝不捧场，认为只不过是"惟手熟尔"。他自己的绝技并不比陈尧咨来得差，他可以把一枚铜钱放在葫芦口上，让油穿过钱眼儿注入葫芦里，钱却滴油不沾。最后连陈尧咨也佩服得连连点头！——宋代的笔记小品十分发达，这跟欧阳修的倡导不无关系。

欧阳修还工于诗词，诗中警句如“万树苍烟三峡暗，满船明月一猿哀”“雪消门外千山绿，花发江边二月晴”等，都为人传诵。

他的词呢，跟晏殊风格相仿。他曾写过十首《采桑子》，咏赞颍州西湖，选一首来看：

群芳过后西湖好，狼藉残红，飞絮濛濛，垂柳阑干尽日风。　笙歌散尽游人去，始觉春空，垂下帘栊，双燕归来细雨中。

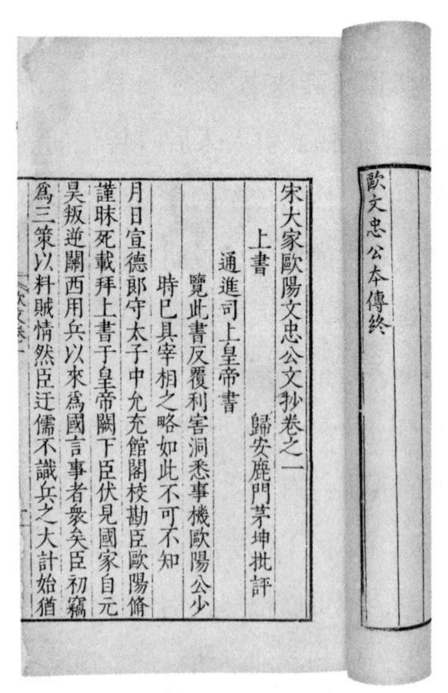

歐文忠公本傳終

宋大家歐陽文忠公文抄卷之一　歸安鹿門茅坤批評

上書

通進司上皇帝書

覽此書反覆利害洞悉事機歐陽公少

時已具宰相之略如此不可不知

月日宣德郎守太子中允充館閣校勘臣歐陽脩

謹昧死載拜上書于皇帝闕下臣伏見國家自元

昊叛逆關西用兵以來爲國言事者衆矣臣初竊

爲三策以料賊情然臣迂儒不識兵之大計始猶

欧阳修《欧阳文忠公集》书影

词中画意盎然，读罢有一种寂寥失落的感觉。

欧阳修的文学才能是多方面的，在散文创作上成就尤高。他身为高官，地位足以引导一代文风，因此他成了宋代诗文革新的领袖。唐末宋初文坛上的坏风气到他这里才被彻底扭转。他是宋代的韩愈，天下的读书人都把他看作老师。唐宋八大家中属于宋代的有六位，欧阳修之外的那五位——王安石、苏洵、苏轼、苏辙、曾巩，全都受过他的指点或提携。他的文风，也一直影响到南宋及元明清各代。

欧阳修一生为文勤奋，曾对人说：我作文章，全凭“三上”。哪“三上”？是马上、枕上，厕上。——看来他能成为一代文章宗师，绝非偶然！

对了，欧阳修曾跟包公同朝为官，就是那位大名鼎鼎的清官包拯。仁宗朝有四位大臣受人称赞，称为“四真”，即富弼的“真宰相”、包拯的“真中丞”、胡瑗的“真先生”和欧阳修的“真学士”。

王安石：“鸡鸣狗盗”轻孟尝

王安石（1021—1086）也是“唐宋八大家”之一，他比欧阳修小十几岁，也受过欧阳修的点拨。他的文章本来学孟子和韩愈。欧阳修指点说：孟、韩两家文章虽然高明，但刻意模仿是没有出路的，任其自然才是文章的精髓。经欧阳修点拨，王安石文思大进。

退居金陵时的王安石

王安石字介甫，号半山，曾封荆国公，人称“王荆公”，死谥“文”，世称“王文公”，北宋末年，还被追封舒王哩。他是北宋著名的政治革新家。他十七八岁就胸怀大志，中进士后先做地方官，后来到了朝廷，一直做到宰相。

熙宁年间，他主持变法，推行新政，势头猛、规模大，遭到保守派的拼死抵抗。经过几个回合的较量，变法最终失败。王安石退居江宁，闭门读书，就那么忧愤而死。

王安石最擅长写论说文。无论是洋洋千言的奏章，还是寥寥数语的随笔，都很有特色。例如那篇《读孟尝君传》，就是短文中的范例：

> 世皆称孟尝君能得士，士以故归之，而卒赖其力以脱于虎豹之秦。嗟呼！孟尝君特鸡鸣狗盗之雄耳，岂足以言得士？不然，擅齐之强，得一士焉，宜可以南面而制秦，尚何取鸡鸣狗盗之力哉？——夫鸡鸣狗盗之出其门，此士之所以不至也。

王安石认为，孟尝君不过是个“鸡鸣狗盗”的头头，他的门下并没有真正的“士”。因为凭借齐国的强大，哪怕得到一位真正的士，就能制服秦国，干吗还需借助“鸡鸣狗盗”的力量呢？孟尝君门下净是这类人，难怪真正的士不肯去帮助他！

一篇不足百字的短文，一波三折，句句有劲儿，把道理说得那么透彻。——一千年来，孟尝君一直是识才爱才的“伯乐”形象，可王安石三言两语就把这个结论推翻了。

还有一篇《答司马谏议书》，是王安石写给司马光的。司马光在政坛上是保守派，反对王安石变法，曾写了一封三千言的长信，指责王安石“侵官、生事、征利、拒谏”。为了反驳司马光的指责，王安石就写了这篇《答司马谏议书》。

书信针对司马光对新法的攻击，一条条加以驳斥。又举商代盘庚迁都的例子，说明多数人的意见不一定正确。又说做事合于“义”，一旦下了决心，就没有啥可后悔的。

王安石的这封回信，只有三百余字。却写得理足气盛，语势强劲。有人称赞此文“劲悍廉厉无枝叶”，说得一点儿不错。

春风又绿江南岸

王安石仿佛特别偏爱议论。他的《游褒（bāo）禅山记》本是一篇游记，记述作者跟朋友到褒禅山华山洞探险却半途而废的经过，作者因此发出一番议论来。

他说：“世之奇伟瑰怪非常之观，常在于险远”（世上壮丽奇异不同寻常的景观，常在遥远险要之处），要到达那里，先要有志气，还得有力量和工具。如果尽了力量还达不到目的，也就没什么可后悔的了。——其实王安石总结的道理不只适用于游历探险，研究学问、改革政治，不也是如此吗?

有一篇短文《伤仲永》，是后世搞教育的人常常提到的。有个名叫方仲永的五岁神童，由于爹娘不重视教育培养，最终变成平庸的人。作者在文章里感叹：这孩子天资这么聪明，因为没有受教育，就成为了平凡的人；那些天赋不佳，又不接受教育的人，怕是连平凡的人也当不成呢！

安徽马鞍山市含山县慧空禅院，褒禅山由此得名

王安石还写了许多诗歌。内容有同情百姓的，有歌咏战士的，也有怀古咏史的。他的写景小诗也为人喜爱，像《书湖阴先生壁二首（其一）》：

茅檐长扫净无苔，花木成畦手自栽。
一水护田将绿绕，两山排闼送青来。

水会“护田”，山能“排闼”，山光水色在诗人笔下活起来了。至于那首《泊船瓜洲》，人们更熟悉：

京口瓜洲一水间，钟山只隔数重山。
春风又绿江南岸，明月何时照我还？

“春风又绿江南岸”一句里的“绿”字用得格外传神。有人看过诗的原稿，“绿”字原写作“到”，又改成“过”。经过几番涂改，最后才定作“绿”字。——跟他的老师欧阳修一样，王安石在文字锤炼上也下过大功夫哩。

名列八大家的曾巩

八大家的另一位曾巩（1019—1083），是欧阳修最得意的门生。他为文自然淳朴，不重文采，文风最像欧阳修。有一篇《墨池记》，是他为临川王羲之墨池所作的题记。相传王羲之在池边学书洗砚，池水也因此变黑。文章特别强调勤学苦练的重要，说：“羲之之书晚乃善，则其所能，盖亦以精力自致者，非天成也。”——王羲之的书法到晚年最佳，这说明他的能力是靠着花力气得来的，并不是天生的啊。

曾巩

另一篇《越州赵公救灾记》，如实记载了越州知州赵抃（biàn）在当地救灾的情况。文中对赵抃怎样调查灾情、如何发放救济、怎么区别对待富人和贫民以及如何对付瘟疫等，都不厌其详地做了记录。初看上去，像是一篇流水账，可是细读，你会发现作者对百姓的同情、对清官贤吏的爱戴，就隐藏在平静的文字下面。——曾巩主张“文以道为先”，这一篇就是很好的范例。

曾巩的文章在他生前就获得声誉，人们“手抄口诵，惟恐不及”，从宋代到清代，曾巩的文章盛誉不衰，人们把他列为八大家之一，并不是偶然的。

梅苏开出新境界

只管说八大家，有两位诗人倒忘了提起，梅尧臣和苏舜钦。这两位的诗文跟欧阳修齐名，当时有“欧梅”“苏梅”之说。

梅尧臣（1002—1060）字圣俞，他接近下层社会，看到许多人间的不平。有一首《陶者》这样写道：

陶尽门前土，屋上无片瓦。
十指不沾泥，鳞鳞居大厦。

这不平是明摆着的。梅尧臣还有不少写景抒情的诗，如《鲁山山行》：

适与野情惬（qiè），千山高复低。
好峰随处改，幽径独行迷。
霜落熊升树，林空鹿饮溪。
人家在何许？云外一声鸡。

诗中写行人在山中所见，一派野趣。他的视角是移动的，正应了题目中的“山行”二字。——梅尧臣有一段论诗的名言，说写诗要能“状难写之景如在目前，含不尽之意见于言外”，这首《鲁山山行》，就差不多够格！

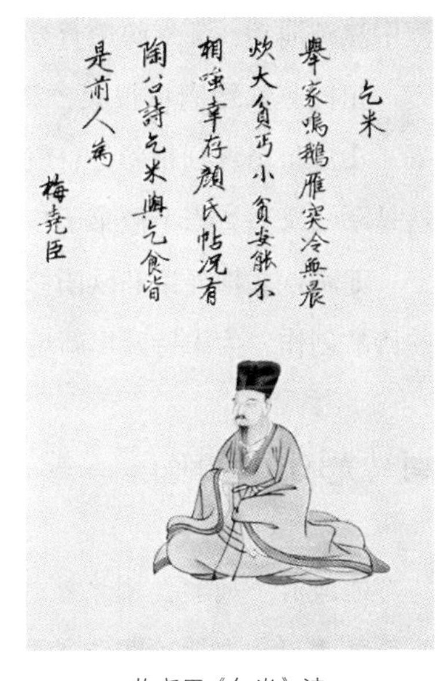

梅尧臣《乞米》诗

梅尧臣的诗名很高，连皇后都知道他的名字。京城中的贵戚常拿钱拿酒来向他求诗。苏轼在南方买到少数民族织的花布，图案竟是梅尧臣的诗！只是梅尧臣官运不济，仅做过主簿、县令一类小官，一生穷困潦倒。欧阳修为他的诗集作序说：“非诗之能穷人，殆穷者而后工也。”就是说：不是因为作诗使人困窘，倒是反过来，因生活困窘才作出了好诗呀！

梅尧臣的诗风偏于平淡，苏舜钦（1008—1048）的诗风却偏于豪放。像这首《淮中晚泊犊头》：

> 春阴垂野草青青，时有幽花一树明。
> 晚泊孤舟古祠下，满川风雨看潮生！

前两句写船行所见：在阴云笼罩的春原上，偶有一树明艳的春花闪过，令人眼前一亮。后两句则静中有动：在停泊的孤舟上看风雨中江潮涌动，那气势简直要溢出这小诗之外了。

相传苏舜钦酒量很大，又爱读《汉书》。每晚边读边饮，能喝一斗！每当看到精彩处，就满饮一大杯。他的岳父笑着说：你这是拿《汉书》当下酒菜了！

苏舜钦、梅尧臣和欧阳修都反对西昆体，提倡新诗风。他们的诗歌创作，为宋诗开出新境界。

司马光不止会砸缸

沛沛有个问题，刚才就想问："爷爷，跟王安石辩论的司马光，就是砸水缸救小朋友的那位吧？相传他小时候跟伙伴儿在花园里玩，有个小朋友不小心掉到大水缸里。别的孩子都吓得哭起来，唯有司马光沉着冷静，搬起一块大石头把缸砸破，水流光了，伙伴儿的命保住了，人们都说司马光这孩子将来能干大事！"

爷爷点头："司马光（1019—1086）字君实，长大后中进士，做了高官，同时成为有名的史学家和文学家。他写得一手好文章，有一篇《谏院题名记》，只有二百来字。大意是说，谏官责任重大，肩负着'天下之政，四海之众，得失利病'，这就要求他们能分清事情的大小缓急，别只顾自己那点儿名啊利啊，要'专利国家而不为身谋'。

"下面又说，宋朝设置谏院，有六名专职谏官。为了监督他们，庆历年间，当时的长官让人把谏官的名字写在木板上。司马光怕日久磨灭，又命人把名字刻上石头，'后之人将历指其名而议之曰：某也忠，某也诈，某也直，某也回（邪曲）。呜呼，可不惧哉’！

司马光

“另有一篇《训俭示康》，是司马光写给儿子司马康的。文中从自己和父亲谈起，向儿子传授了‘以俭素为美’的家风，对日益奢靡的社会风气深感不满和失望。为了说明问题，文中还引了不少圣人的教诲、别家的例子以及历史的教训。例如说到一位叫张知白的，别人劝他说：你升官加俸，干吗还这么节俭？他回答：人之常情大半是‘由俭入奢易，由奢入俭难’。我的家人若过惯了奢侈生活，将来一旦境遇变化，闹不好连饭都吃不上。所以啊，还是‘居位去位，身在身亡，常如一日’的好。——这些话，饱含着智慧与哲理，流传千年犹不过时。

“司马光又是著名的史学家，他主持编写的《资治通鉴》，是最有名的编年体史书之一。所记历史上承《左传》，下至五代，涵括一千三百六十二年的史实，全书有三百万字。书中文字精练，叙事生动，历史人物也都栩栩如生。像《赤壁之战》《淝水之战》等片段，还被当作古代散文的典范，收入今天的语文教材。

“对了，古代学者大多‘博文强记’，可司马光偏偏记性不好。小时读书，哥哥弟弟早已背熟，跑出去玩耍，只剩他自己，放下帘子，一遍遍地读，直到会背为止。然而他背过的书却能终生不忘。他的体会是：书要背诵，才能在床头、马上随时玩味，多所收获。——那些总是强调自己‘记性不好’的朋友，听听司马光的话，或许能有所启发。”

第 29 天

大文豪苏东坡

大器晚成的苏老泉

沛沛用爷爷的青花瓷杯沏了一杯龙井，放到茶几上，抬头问爷爷：“‘唐宋八大家’中的三苏，就是苏轼一家人吧？”

苏洵

爷爷说：“对呀，他们是苏洵、苏轼和苏辙这爷儿仨。苏家是眉州眉山（今四川眉山）人，爷儿仨都是大文学家，人称‘三苏’。

“爹爹苏洵（1009—1066）号老泉。据说他二十七岁才发愤读书，所以后人常把他当成大器晚成的样板儿。谁要说自己年岁大了，学也晚了，就有人反驳说：瞧瞧人家苏老泉！

“苏洵苦读十年，学业大进。于是带上两个儿子到京城拜见欧阳修。欧阳修对爷儿仨很感兴趣，还夸奖苏洵的文章能跟贾谊、刘向相媲美。由于欧阳修的推荐和宣扬，苏洵的文名大盛。后来朝廷还任命他做了秘书省校书郎。

“苏洵喜欢读史书，又喜欢谈兵。他有一篇著名文章《六国论》，核心论点是‘六国破灭，非兵不利、战不善，弊在赂秦（贿赂秦国）。赂秦而力亏，破灭之道也’。六国用金钱贿赂秦国，买得一时的和平，可人家越来越富强，你自己越来越贫弱，这不是自取灭亡吗？文章结尾处，苏洵道出作文本意：

> 夫六国与秦皆诸侯，其势弱于秦，而犹有可以不赂而胜之之势。苟以天下之大，而从六国破亡之故事，是又在六国下矣。

苏洵写文章的时候，宋王朝年年向北方的辽和西夏输送钱帛。苏洵正是要拿历史上的教训，向朝廷提出忠告！”

苏轼文思，万斛泉源

“三苏”中才华最高、成就最大的，自然要数苏轼。苏轼（1037—1101）字子瞻，号东坡居士。他自幼受爹娘的熏陶教诲，长大后写得一手漂亮文章。二十岁那年，爷儿仨进京应举。第二年兄弟俩同榜中了进士。当时的主考官是欧阳修，据说他本来要把苏轼取为第一名，可是看语气，又怀疑这张卷子是自己的门生曾巩的，为了避嫌，便列为第二。

欧阳修非常赏识这个才华横溢的年轻人，曾对人说：我老

苏东坡（元赵孟頫绘）

啦，今后能出人头地的就是这个苏轼喽！有一回跟朋友谈起苏轼的文章，又说：你记住我的话，三十年后，世人不会再提到我了！

苏轼自己也很得意，他把自己的文思比作日出万斛的泉水，可以随时随地喷涌出来，不但水势盛大、一日千里，而且富于变化。苏轼在文学上有着很深的悟性，他知道一支笔应当怎样运行，怎样收束。他还用“行云流水”来比喻文章，认为那是很高的境界。

苏轼自己说过：我平生没啥快意事，最快意的莫过于写文章！心里无论想到哪儿，笔都能左曲右折表达得淋漓畅快！世上的事，还有比这个更快活的吗？——的确，苏轼的文章充满魅力，写作上随机应变，常常出奇制胜。后来应举的士子们都认真揣摩他的文章，还流传着“苏文熟，吃羊肉；苏文生，吃菜羹”的口头禅！

苏轼初登官场，满怀报国的热情。他做凤翔府通判时，写了大量策论，请求朝廷改革弊政，扭转贫弱局面。他的《决壅（yōng）蔽》和《教战守策》等，就是这时写成的。

“壅蔽”是指视听阻隔，上下不能相通。“决壅蔽”则是打通壅蔽，使政令畅通。文章开头，苏轼先拿人体打比方，说人的身体无论哪里痛痒，手马上就伸过去了。这是因为心（脑）能感受身体的不适，而手则听从心（脑）的指挥。天下也是如此，天子就是心，百官就是“关节脉理”。只要脉理通畅，百姓有了痛痒忧患，天子马上就能感受到，“忧患可使同，缓急可使救”。

可是现实又如何？百姓有冤要诉，就像对天呼吁，得不到回应；百姓提出诉求，就如同拜见泥神木鬼，同样得不到响应。国家的事，公卿大臣一概不了解，全都交给胥吏办理。结果是有钱的畅行无阻，没钱的寸步难行！

如何能解决“壅蔽”问题呢？苏轼提出两点：“省事”和“厉精”，“省事莫如任人，厉精莫如自上率之”。也就是说，一要任用能人，二要居上位者做出表率。文章说，如果天子天不亮就上朝理事，宰相就不敢早早回家。宰相日落还不回家，百官就不敢掉以轻心、宴游嬉戏。这样一来，哪里还会有“壅蔽”之患呢！

在《教战守策》里，苏轼起笔就提出社会上存在着“知安而不知危，能逸而不能劳”的潜在危机。他从历史上说起，把先王重视训练百姓、后世安于享乐从而导致祸患的正反两方面经验教训都摆出来。又分析天下形势，指出战争早晚要打，为了使百姓免受大患，必须每年对他们进行严格的军事训练。——文章最后补充说：百姓们都成了能征惯战的战士，那些骄横的将士们也就没法子“拿一把”了。

苏轼的见识极高，文章也很有说服力。他谈古论今，步步深入，举例设喻都恰到好处，使论说文字既形象又活泼。文章还善于多方面论证中心论点，例如《教战守策》最后一笔，就出人意料，给人留下挺深的印象。

西湖从此称“西子”

苏轼三十一岁时，爹爹苏洵病逝。他跟苏辙扶灵还乡。等到熙宁二年再回朝廷时，正赶上王安石推行新法。苏轼其实也不满意当时的政治现状，可他的改革思想跟王安石的不大一样。他希望变法能稳一点儿，慢慢来，主张在用人和立法上多下功夫，不赞成急功近利的做法。他怎么想，就怎么说出来，还不断上书陈述自己的意见。他的意见当然没被采纳，他也被派往杭州去做通判。

杭州是个风景秀丽的地方。苏轼干完公务，少不了游山玩水，还作了不少诗歌。如下面这首《六月二十七日望湖楼醉书》：

黑云翻墨未遮山，白雨跳珠乱入船。
卷地风来忽吹散，望湖楼下水如天。

四句诗，画了云、雨、风、水四幅图画，把暴雨来得猛去得快的情态写活了。画面一黑一白、一暗一亮、一动一静，极富变化。

再如这首《饮湖上初晴后雨》：

水光潋滟（liànyàn）晴方好，山色空濛雨亦奇。

欲把西湖比西子，
淡妆浓抹总相宜。

诗人把西湖比作春秋时越国美女西施。说晴天时，西湖波光粼粼，就像西施浓妆艳抹；雨天时，西湖山色迷茫，又像是西施改施淡妆。可是不管淡妆还是浓抹，总也掩不住西湖的天然美色。——打这以后，西湖又添了个动人的名字：西子湖！

经苏轼品题，杭州西湖从此又称“西子湖”

老夫聊发少年狂

在杭州做了三年通判，苏轼又请求调到密州去。那儿离济南近，弟弟苏辙正在那里做官呢。

苏轼为官十九年，依然两袖清风。在密州，有时饭桌上竟没有菜，于是他约了朋友到城边采摘杞菊来下饭。可是他十分超脱，在园子里筑了一座台子，取名超然台，还写了一篇《超然台记》，说是人们的欲望无穷，但物质却总是有限的，人们只要能“游于物之外”，就可以“无所往而不乐”了。

高兴的时候，苏轼还去打打猎。他的词《江城子·密州出猎》，记录了打猎时的豪情：

老夫聊发少年狂。左牵黄，右擎苍。锦帽貂裘，千骑卷平冈。为报倾城随太守，亲射虎，看孙郎。　酒酣胸胆尚开张。鬓微霜，又何妨。持节云中，何日遣冯唐？会挽雕弓如满月，西北望，射天狼！

词写得豪迈夸张，气势很大。满城人都来看太守射虎，真是盛况空前。作者意气风发，好像又变成了年轻人。可苏轼的雄心壮志绝不止打打猎而已。"会挽雕弓如满月，西北望，射天狼"，——他还希望得到朝廷重用，到西北边境跟侵略者一决雌雄呢！

唐末五代及宋初的词风是那么绮丽委婉，到苏轼这里，一变而为雄浑豪壮。词坛从此开了豪放一派。

但愿人长久，千里共婵娟

苏轼另一首豪放词作《水调歌头》也是在密州作的：

明月几时有，把酒问青天。不知天上宫阙，今夕是何年？我欲乘风归去，又恐琼楼玉宇，高处不胜寒。起舞弄清影，何似在人间！　转朱阁，低绮户，照无眠。不应有恨，何事长向别时圆？人有悲欢离合，月有阴晴圆缺，此事古难全。但愿人长久，千里共婵娟。

这首词的小序写道：“丙辰中秋，欢饮达旦。大醉，作此篇，兼怀子由。”子由是苏辙的表字。此时苏轼跟弟弟已经分别七年了。

词的上片，作者把酒问月，对天上宫阙展开丰富的想象，但结论是：天上虽好，到底不如人间。词的下片，作者面对象征团圆的月亮，很自然地想到分别已久的兄弟。

清纪晓岚评点的《苏文忠公诗集》

可是他的愁苦很快被旷达的思想冲淡了：人有悲欢离合，就像月有阴晴圆缺一样，是古来已有的事。但愿人能健康长寿，纵使远隔千里，抬头见到的月亮却是同一个，也算是一种慰藉吧！“婵娟”是女性的美称，又指月亮——美女嫦娥就住在月宫中呢！

词的意思几经转折，情致有起有落，却又贯通一气。词中流溢着明朗灿烂的光华，本身就像是一轮皓月，照耀着千古词坛！

因诗获罪，赤壁放歌

苏轼在密州做了两年太守，又先后在徐州和湖州做过太守。可是到湖州的第三个月，一天官署里突然闯来一位朝廷钦差，不容分说把苏轼捉拿进京。——原来有个御史中丞李定，从苏轼诗中看出对皇帝和朝廷的“诽谤”与“讥讽”来，就参了一本。另有几个新进的官僚也来凑热闹，苏轼的罪名于是被越搞越大。这就是有名的文字狱“乌台诗案”。

古代版画《东坡先生笠屐图》

莫须有的罪名毕竟站不住脚，再加上苏轼名气太大，连皇太后也都出来为他说话。经过几个月的折磨，苏轼终于被释放出狱，贬为黄州（今湖北黄冈）团练副使。从此，苏轼开始了长达五年的谪居生活。

苏轼初到黄州，寄居在寺院里，跟和尚搭伙吃饭。有个老朋友替他向官府申请了一块荒地，让他耕种、造屋。因那地方在黄州东门外，而唐人白居易曾有“持钱买花树，城东坡上栽”的诗句，苏轼便将所造之屋称为“东坡雪堂”。苏轼自号“东坡居士”，就是从这时开始的。

黄州挨着长江，江边上有一处赤壁，人们以为就是三国赤壁大战的古战场，其实只是跟那个赤壁同名罢了。苏轼的《念奴娇·赤壁怀古》和两篇《赤壁赋》就全都跟这个赤壁有关。

先看这首《念奴娇·赤壁怀古》:

> 大江东去，浪淘尽，千古风流人物。故垒西边，人道是，三国周郎赤壁。乱石穿空，惊涛拍岸，卷起千堆雪。江山如画，一时多少豪杰！　　遥想公瑾当年，小乔初嫁了，雄姿英发。羽扇纶巾，谈笑间，樯橹灰飞烟灭。故国神游，多情应笑我，早生华发。人生如梦，一尊还酹江月。

自古填词，没有哪一首比这更为雄壮豪迈的了。起头一句“大江东去”，把人带进一个极为开阔的境界中。“乱石穿空，惊涛拍岸，卷起千堆雪”几句，写尽江上水石搏击、惊心动魄之态。词的上片专写赤壁胜景，结尾时提到为如画江山奋斗的豪杰们。

词的下片，作者全力赞颂古代英雄：那个指挥赤壁之战的年轻统帅周瑜，新娶了美女小乔，英武潇洒，意气风发，挥扇谈笑之间，已令曹操的千百艘战船灰飞烟灭。作者的仰慕，溢于言表！

可是思绪一回到现实，作者的情绪不由得低落了。苏轼此时年近五十，被贬黄州，还有建功立业的机会吗？无可奈何，只有一面自嘲，一面以酒浇愁，感叹“人生如梦”了！——但结尾的哀伤，并没能掩盖贯穿全词的壮思豪情！这首《念奴娇》仍是举世公认的第一流豪迈词作。

相传苏轼曾问别人：“我词何如柳七？”对方回答说：“柳郎

中词，只合十七八女郎，执红牙板，歌‘杨柳岸晓风残月’；学士词，须关西大汉执铜琵琶、铁绰板，唱‘大江东去’！”苏轼听罢哈哈大笑——这位评论者倒的确是个知音。

赤壁二赋蕴哲思

跟赤壁有关的作品，还有前后《赤壁赋》。有一年旧历七月中，苏轼跟朋友在赤壁江面泛舟。这夜的长江一改“惊涛拍岸”的面目，变得“清风徐来，水波不兴”，平静而温柔。苏轼与客人在小船上饮酒赋诗，悠然自得。月亮从东山出来了，但见“白露横江，水光接天”。大家置身在水光月色之中，任凭小船随水漂去，飘飘悠悠的，竟像脱离人世，进入了仙界。

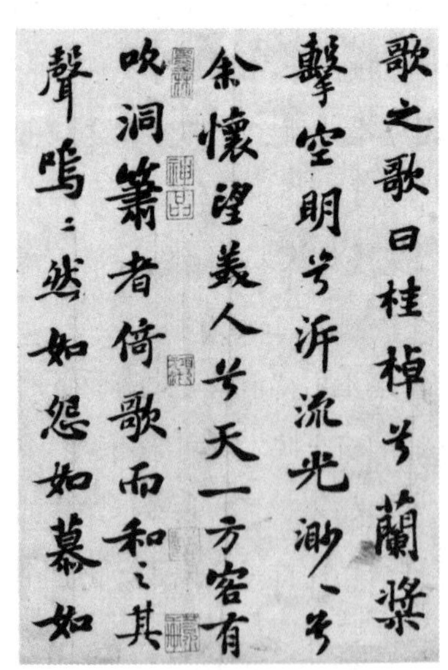

苏轼手书《前赤壁赋》（局部）

客人中有人吹起洞箫，那声音呜呜咽咽的，大家的情绪也像受了感染，不觉忧伤起来。一位客人不觉感叹起人生短暂。苏轼却说：您知道水和月吧？这江中的水流啊流的，可它从未流干过。月亮有圆有缺，但最终也没有丝毫的增减。凡事若从变化的这一面看，那么天地万物连眨眼的工夫也停不住。若是从静止这一面看，万物跟我们都是无穷无尽的，干吗光是羡慕长江呢！这江上的清风、山间的明月，就是大自然的无尽宝藏，够咱们享用的啦！

听苏轼这么一解说，客人也笑起来。大家洗杯再饮，吃得杯盘狼藉，就这么你枕我、我压你地在船中睡熟了，连天亮了也不知道。——这就是《前赤壁赋》所写的内容。全文即景生情，充满哲思。苏轼能在逆境里保持乐观，全靠了这种旷达的哲理支撑呢。

这一年十月，苏轼跟朋友再游赤壁，归来后又写了《后赤壁赋》。后赋以写景为主。时值初冬，"霜露既降，木叶尽脱"，"江流有声，断岸千尺，山高月小，水落石出"，已不再是几个月前的模样。赋中还写到岸上的危崖、峭壁、怪石、古木，读起来令人如临其境。苏轼还特意写了一只在梦中化作道士的飞鹤，使全文笼上一层神秘的色彩。

赤壁二赋虽然采用赋体，可是跟汉魏六朝骈四俪六的俳赋又大不相同。它更像是散文，句式长短错落，韵脚时有时无，清新而畅快，艺术上达到很高的境界。

在黄州，苏轼的生活非常拮据，每月薪俸只有四千五百钱。但苏轼很会筹划，月初时，他把四千五百钱分成三十串，挂在房梁上。每天早上用叉子挑下一串，供一天使用。如有剩余，就存在竹筒里，攒起来待客。

在黄州一住四年，苏轼又被调往汝州。他的儿子苏迈刚好要到德兴去做官，苏轼送他到湖口，并游览了石钟山，考察了石钟山名称的由来，写下那篇有名的《石钟山记》，那同样是一篇满含哲理的美文。

流放与回归

苏轼五十岁这一年，仿佛是时来运转。神宗皇帝死了，哲宗继位，改年号为元祐，并起用保守派。司马光掌握了大权，苏轼也被召回京城，任命为中书舍人、翰林学士，扬眉吐气的一天终于盼到了。

五十四岁那年，苏轼被派去做杭州太守，这是他第二次来杭州了。第二年，正赶上杭州大旱，又加上瘟疫流行，苏轼的救灾工作做得十分出色。他一面平抑米价、救治病人，一面招募百姓疏浚西湖。这样一来，灾民找到了干活儿、吃饭的地方，水利工程也得到整修。挖湖的泥土在湖上堆起一道长堤，上面还栽花种柳的，人们称它为苏公堤。与西湖上的另一道长堤白公堤遥遥相向。

苏轼

此后，苏轼还在颍州、扬州、定州做过太守。谁知保守派好景不长，绍圣元年（1094），朝廷重新起用新党，元祐年间起用的官员差不多全给罢免了。苏轼自然也不例外，一下子被贬到惠州——那地方今天属于广东，在当时算是非常偏远的地方了。

在惠州的两年中，苏轼生活困窘，有时连酿酒的米也没有，吃菜也要自己种。可苏轼这一辈子，对磨难早就习惯了，对这一切安之若素，觉睡得还是那么香甜。他有两句诗写道："为报先生春睡足，道人轻打五更钟。"——在京城的一位新党权贵看到这两句诗，恶狠狠地说：怎么，苏子瞻还这么快活吗？于是下令把他流放到儋（dān）州去！那地方在海南岛，可是自古所说的天涯海角啊！

到了儋州，苏轼一贫如洗，为了吃饭，连酒器都卖掉了。可他没忘了读书，这一段时间他最爱读柳诗和陶诗。他还常常带上个大酒瓢，在田野里边唱边走。他结交了不少平民朋友，闲了就去串门，跟野老饮酒聊天，还常常给乡邻看病开方。

又是两年过去了。哲宗病死，徽宗继位，苏轼遇赦北还。他真没想到自己还能活着回来！——七年的流放生活，苏轼一家死了九口人，生活待他真是太残酷了！

可是人民没有忘记这位大诗人。苏轼北还，经过润州前往常州时，运河两岸拥满了成千上万的百姓，争着要看看这位久经磨难的大诗人的风采！然而这时，苏轼因旅途辛劳，已染病在身，就在这一年的七月，诗人在常州病逝，终年六十六岁。

平生功业唯"三州"

苏轼在文学上的成就，没人能否认。他为后世留下二千七百多首诗，四千篇文章，有诗集、文集传世。另有《东坡乐府》两卷，存词二百八十多首。

苏轼在人格上的伟大，同样不容忽视。他曾对弟弟说过这样的话："吾上可陪玉皇大帝，下可陪卑田院乞儿。眼前见天下无一个不好人！""卑田院"即"悲田院"，是古代佛寺救济贫民、收容乞丐的地方。——这种仁爱之心和平等观念，是如此超前，一千年后的今天，仍值得我们认真琢磨回味！

苏轼有着独立的见识，总想诚心诚意地为国为民做些有益的事。他不愿跟这一派那一派裹在一起，结果无论哪一派当政，他总要受排挤。

有这样一个传说：一天，苏轼下朝，拍着自己的肚子问身边的侍女：你们猜，这里面装的是什么？一个说：是文章。苏轼摇摇头。另一个说：是心机。苏轼仍然摇头。第三个叫朝云的说：是一肚皮不合时宜！苏轼哈哈大笑起来——他同意这个说法。

到了晚年，有人为他画了一幅肖像，他自己在画像上题字：

四川眉州三苏祠

心似已灰之木，身如不系之舟。

问汝平生功业，黄州、惠州、儋州。

他说，自己心灰意冷，像是木头烧成灰，再也发不出火苗；人呢，又像断了缆绳的小船，只有随波逐流罢了。若问自己一辈子的“光彩事”，就更让人惭愧，竟是一连串的贬谪：黄州、惠州、儋州——越贬越远！

这是自嘲，还是无奈？可能都有一点儿。但更重要的是，其中流露着一股不服输的精神！为坚持真理而受罚，在诗人看来，不是什么见不得人的丑事，而是值得与画像永存的荣耀和褒奖！

苏轼还是书法家，字体厚重端秀，自成一格。——宋代书法有“苏黄米蔡”四家，“苏”指的就是苏轼［其他三家是黄庭坚、米芾（fú）和蔡襄］。他还擅长绘画，画得最拿手的是枯树和石头，可惜存世稀少，难得一见。

苏轼还是有名的美食家呢，曾冒险吃有毒的河豚，又会烹调猪肉，至今川系名菜还有“东坡肉”的名目！

别以为苏轼吃不得苦，他说：当年我跟弟弟读书时，“三白饭”吃得很香！人问何谓“三白饭”？他笑答：一撮白盐，一碟白萝卜，一碗白米饭！

弟弟苏辙也能文

沛沛打心眼里佩服这位大文学家。他会背好几首苏轼的诗呢，像那首《题西林壁》：

横看成岭侧成峰，远近高低各不同。

不识庐山真面目，只缘身在此山中。

不过天晚了，来不及背给爷爷听，他还想知道苏辙的事迹呢。

“三苏之一的苏辙（1039—1112），字子由。学问上深受父兄影响，仕途上也受到哥哥的牵累。苏轼因‘乌台诗案’被捕入狱，苏辙请求拿自己的官位替哥哥赎罪，结果自己也受到贬职处分。

“苏辙也是唐宋八大家之一，以文章见长，代表作有《上枢密韩太尉书》《黄州快哉亭记》《武昌九曲亭记》等。

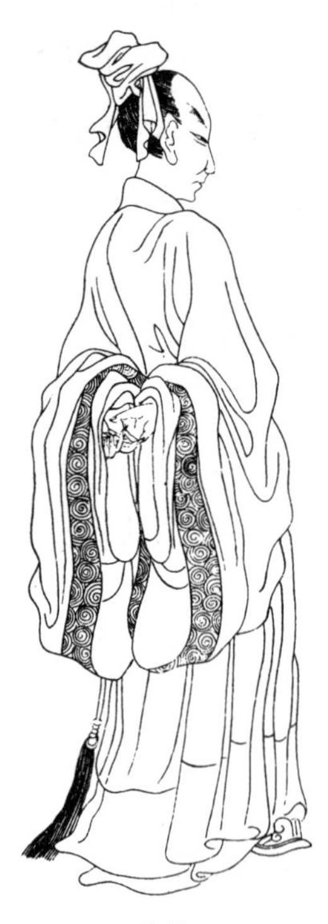

苏辙

“《上枢密韩太尉书》中的韩太尉即韩琦，当过枢密使，官至宰相。苏辙求见韩琦，先写了这封书信陈述理由。信中论述说：写文章先要养气，而养气的方法，无非是遍游名山大川，到京城仰观天子的宫殿苑囿，再有就是见见那些大人物，听他们的议论，瞻仰他们的容颜风度。

“书信以‘为文养气’做题目，道理讲得十分通透，其中暗含着对韩琦的颂扬，却又说得不卑不亢。——韩琦是否见了他，不得而知。不过这篇文章却传诵不衰，与李白的《上韩荆州书》齐名。

“至于《黄州快哉亭记》，是为一座

亭子的落成而作。建亭人张梦得是苏轼谪居黄州时的朋友，苏轼把此亭命名为‘快哉’，苏辙为此亭作记。

“亭子建在黄州赤壁附近，坐在亭中，只见‘南北百里，东西一舍，涛澜汹涌，风云开阖。昼则舟楫出没于其前，夜则鱼龙悲啸于其下。变化倏忽，动心骇目，不可久视’[一舍：三十里。风云开阖：风云变化。开，显现。阖（hé），闭藏]。这么一眺望，本身就是很快活的事。

“作者又想到三国时发生在赤壁的那场大战，那也是让人想起来就痛快的。接着，作者由宋玉的《风赋》，引出‘风无雌雄之异，而人有遇不遇之变’的话头。他说：只要人心中坦荡，到哪里不快活呢？如果心里总是不自在，那么到哪儿也不会快活的！

“苏辙这篇文章，情景交融，文笔流畅，议论痛快。——联系到苏洵与苏轼，真是有其父必有其子，有其兄必有其弟啊！”

第 30 天

苏门弟子和其他词人

苏门弟子

“在北宋后期的文坛上，苏轼的影响实在是太大了。”爷爷今天的话头，依旧从苏轼开始，“这段时间有成就的文学家，跟苏轼同时的，在苏轼之后的，几乎都跟苏轼关系密切。像黄庭坚、张耒（lěi）、晁补之、秦观，全是苏轼的学生，号称‘苏门四学士’。

“此外还有‘苏门六君子’的说法，是在这四位之外，又加上陈师道和李廌（zhì）。另外，贺铸也曾跟苏轼交游，受过他的指点。——大约只有周邦彦是个例外吧。

“先说说晁补之（1053—1100）吧，他是苏门四学士之一，能写善画，诗词文章都不错。十七岁时，随爹爹到杭州，曾把杭州的山川风物写成一篇《七述》，受到苏轼的赞赏，并收他为弟子。他善于摹写景物，例如在散文《新城游北山记》中，记述在深山野壑看星星的感受：‘于时九月，天高露清，山空月明，仰视星斗皆光大，如适在人上。’这是城市里见不到的景色。

“他还喜欢以词写景，像《摸鱼儿·东皋寓居》：‘堪爱处，最好是、一川夜月光流渚。无人独舞。任翠幄张天，柔茵藉地，酒尽未能去。’——月光下的水边，以天为帐，以草为毯，独自一个饮酒独舞、流连忘返，这种境界令人神往！

“苏门六君子之一的李廌（1059—1109），也受到苏轼赏识，只是屡试不第。中年以后，干脆隐居在家，不再参加科考。他有一首《虞美人》，结句说‘碧芜千里信悠悠，惟有霎时凉梦到南州’，据说那梦中想念的，便是苏轼、黄庭坚、秦观等师友们哩。

“不过‘四学士’也好，‘六君子’也好，他们并没有全盘继承苏轼的艺术风格，而是各有所长，这大概是因为苏轼最崇尚自然变化，本没什么僵化的文学教条。此外苏轼天分太高，作诗填词随手写来，毫不费力，别人学也学不来吧！天分不足就用勤苦来补，因此苏轼的学生们也都各有成就。”

黄庭坚：江湖夜雨十年灯

说说黄庭坚吧，他跟秦观是苏轼学生中成就最高的。黄庭坚（1045—1105）字鲁直，自号山谷老人，是江西分宁（今江西修水）人——他开创的诗派因此叫“江西诗派”。黄庭坚的爹爹、舅舅、岳丈都是诗人，又都喜欢杜诗。他出身在这样的书香门第，自小就受到熏陶。据说他聪明过人，五岁时已能背诵“五经”了。

黄庭坚学识渊博，许多别人难见到的书，他都找来读过。他曾说过：一个人三天不读书，“对镜觉面目可憎，向人则语言无味”！他记忆力超群，一部《汉书》读下来，多少年后还能默写其中的传记，几乎一字不差！正因如此，他对诗歌创作也

黄庭坚

便有着与众不同的看法。他说：杜甫、韩愈作诗写文章，“无一字无来处”。只是后人读书少，便以为这些文句都是韩、杜自己创造出来的，其实哪里是呢！他还说，真正会作文章的，能熔炼万物，即使拿前人的陈词旧句放到自己诗文里，也能“点铁成金”。这些话，成了江西诗派的重要纲领。

黄庭坚自己作诗非常认真刻苦，即使只是一个典故、一个字眼儿，也不轻易下笔。他对以前的名家做了认真研究，汇集了他们的长处，并在诗歌技巧上狠下功夫，熔炼成自己的风格。这使他开创了宋诗中的重要流派——江西诗派。这一流派的影响，一直延续到清代。有一首七律《寄黄几复》，很能体现黄诗的特色：

我居北海君南海，寄雁传书谢不能。
桃李春风一杯酒，江湖夜雨十年灯。
持家但有四立壁，治病不蕲（qí）三折肱。
想得读书头已白，隔溪猿哭瘴溪藤。

黄几复是黄庭坚的朋友，这时正在广东四会做县令。诗人跟他南北一别十年，很想念他，就写了诗寄他。诗中差不多句句用典。

头一句化用《左传》“君处北海，寡人处南海”的典故。第二句鸿雁传书的典故就更常见。三、四句分别用杜甫“何时一樽酒，重与细论文”和李商隐“何当共剪西窗烛，却话巴山夜雨时”诗意。五、六句用司马相如“家居徒四壁立”和《左传》“三折肱为良医”的典故。尾联又让人想到李贺的“不见年年辽海上，文章何处哭秋风”诗句。

全诗八句，真的做到“无一字无来处”，却又一气贯通，感情真挚，并不让人感到别扭。这就是黄庭坚所说的“点铁成金”“脱胎换骨”吧？尤其是第二联，被人誉为“奇语”。“桃李”“春风”“一杯酒”“江湖”“夜雨”“十年灯”，本来都是极寻常的字眼儿，可是合成两句，前一句回忆朋友欢聚的场面，后一句描写离别后的寂寞萧索，都意味深永，为人称道。

满川风雨独凭栏

《雨中登岳阳楼望君山二首》是黄庭坚七绝中的佳作：

投荒万死鬓毛斑，生出瞿塘滟滪（yànyù）关。
未到江南先一笑，岳阳楼上对君山。

满川风雨独凭栏，绾（wǎn）结湘娥十二鬟。
可惜不当湖水面，银山堆里看青山。

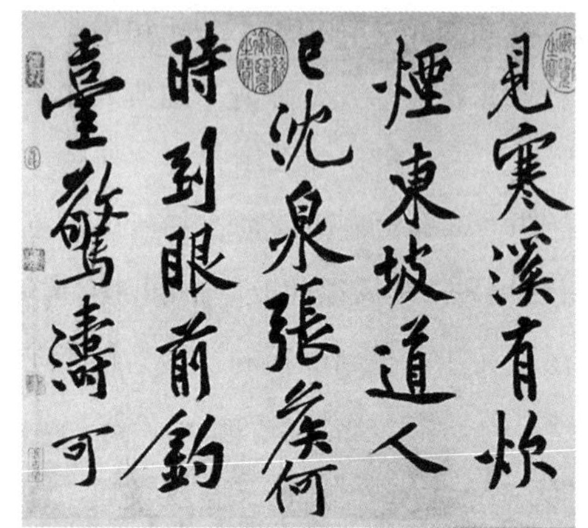

黄庭坚墨迹

黄庭坚也属“元祐旧党”，所以也遭到贬谪，在四川一待六年。崇宁元年春遇赦回江西去，从江陵出发，路过湖南岳阳时，写了这两首绝句。

前一首说自己被放逐到偏远荒僻的地方，头发都斑白了。万死一生，终于又活着出了长江三峡。此时诗人的欣喜是不难想象的。虽然还没回到江南，可是登上岳阳楼，眺望君山的时候，诗人已经笑起来，那嘴角上一定还挂着一丝轻蔑呢！

第二首写景奇特，把湖中群峰比作湘夫人的发髻。又说自己站得太高，如果到水面上眺望，从银白色的波涛里看青碧的山峰，一定更加壮丽奇异吧！——这样的画面色彩鲜明，充满动感。诗人的心情，也是同样的激荡吧。江西诗派追求新奇，从这首诗里可见一斑。

黄庭坚的主要成就在诗，他差不多是宋诗的代表。喜欢用典，重视技巧，求新求奇，却不免生涩，又爱在诗里发议论，这都成了一代宋诗的特征。

黄庭坚还是头一个大力提倡学习杜甫的人。后来江西诗派提出“一祖三宗”的说法，一祖就是杜甫，三宗呢，头一个就是黄庭坚，以下是陈师道和陈与义。

苏轼比黄庭坚年长八岁，两人虽为师生，却像朋友，还常开玩笑。论起书法，苏轼说黄庭坚的字如“树梢挂蛇”，黄庭坚则反唇相讥，说苏轼的字如“石压虾蟆”。

然而，黄庭坚从心眼儿里尊敬老师，晚年在屋里挂着老师的画像，每天早上都要衣冠齐整地在像前行礼。有人把他和苏轼相提并论，他惊得离席摇手，说：我是东坡先生的及门弟子，怎敢跟先生并列！——可知后世“苏黄”并称，并非黄庭坚本意。

秦观填词效柳七

秦观（1049—1100）字少游，是苏轼最喜欢的学生之一，因苏轼的推荐而做官，又受苏轼的牵连而被罢官，一生穷愁潦倒。民间传闻说，秦观曾娶苏轼的妹妹苏小妹为妻，还留下“苏小妹三难新郎”的佳话，其实完全没有根据。苏轼并没有这样一个妹妹，秦观的妻子也不姓苏。

秦观从小聪明，博览群书，先后得到王安石和苏轼的赏识。苏轼说他作赋有“屈宋之才”，王安石称赞他的诗“清新似鲍谢”，可是秦观写得最好的倒是词。在他活着的时候，他的词就已

秦观

经名满天下。

只不过秦观填词，走的不是苏轼豪放的一路，他是典型的婉约派词人。他在词里特别喜欢描绘男女恋情，并且把自己的身世融进去。最有名的，是那首《满庭芳》：

山抹微云，天黏衰草，画角声断谯（qiáo）门。暂停征棹，聊共引离尊。多少蓬莱旧事，空回首，烟霭纷纷。斜阳外，寒鸦数点，流水绕孤村。　　销魂，当此际，香囊暗解，罗带轻分。漫赢得青楼薄幸名存。此去何时见也？襟袖上空惹啼痕。伤情处，高城望断，灯火已黄昏。

秦观这首词，颇似柳永的《雨霖铃·寒蝉凄切》。据说苏轼对此不大高兴，说是：几年不见，没想到你开始学柳七了！秦观辩解说：我再没学问，也不会学他呀！苏轼说："销魂，当此际"，这不是柳七的语言吗？又戏称秦观为"山抹微云君"。——尽管苏轼不喜欢，这首词还是流传很广，就像当年柳永的词被广为传唱一样。

为谁流下潇湘去

可是苏轼却喜欢秦观的另一首词《踏莎行·郴州旅舍》：

雾失楼台，月迷津渡，桃源望断无寻处。可堪孤馆闭春寒，杜鹃声里斜阳暮。　　驿寄梅花，鱼传尺素，砌成此恨无重数。郴江幸自绕郴（chēn）山，为谁流下潇湘去？

这是秦观被贬郴州时作的。郴州是个偏僻的小山城，传说中的桃花源离那儿不远。词的上片，写了异乡景物及人的心情：楼台津渡都迷失在冷雾寒月之中。传说中的桃源在哪儿啊？最难忍受的是在春寒中闭门独坐，听着杜鹃凄凉的鸣叫，看着太阳渐渐隐没。

下片进一步写词人的孤独：亲友的来信，却徒然增添无限愁绪。郴江绕城而过，头也不回地流去了，可词人的出路又在哪儿？这里的象征意义，是那么深邃悠长。难怪苏轼后来要把这两句写在扇子上，感叹说：唉，少游死了，一万个人也难换啊！

秦观还有一首《鹊桥仙·纤云弄巧》，又题为“七夕”。结尾两句说：“两情若是久长时，又岂在朝朝暮暮！”——在古来所有吟咏牛郎织女的诗词中，这一首意境最新，立意最高。

秦观特别注重语言的优美典雅，堪称婉约派词人中的语言大师。

大晟词人周邦彦

与苏门弟子同时，还有一位著名词人周邦彦（1056—1121）。他诗词文赋无所不能，而词名最高。年轻时，他是个风流才子，生活态度挺随意，常跟歌伎舞女们来往，因而名声不大好。

可是他的才学却没人能比。二十几岁时，他前往汴京，向皇

宋代大晟府的编钟

帝献上长达七千言的《汴都赋》。神宗亲自召见他，并让侍臣当面朗读。由于周邦彦学问太大，赋里有许多生僻字，读的人只好凑合着读它的偏旁。

周邦彦在徽宗时任大晟（shèng）乐府的提举官，那是个专门管理音乐的衙门。周邦彦精通音乐格律，他的词声调和谐，顺口而悦耳，从贵人学士到市井歌女，都喜欢他的词。直至南宋末年，他的词还在杭州一带传唱呢。

周词的内容无非是花啊柳啊之类，但也有一些抒发旅愁、怀古写景的好作品。像这首《苏幕遮》：

> 燎沉香，消溽暑。鸟雀呼晴，侵晓窥檐语。叶上初阳干宿雨，水面清圆，一一风荷举。　　故乡遥，何日去？家住吴门，久作长安旅。五月渔郎相忆否？小楫轻舟，梦入芙蓉浦。

词的上片写景，下片抒情，段落分明。这是个夏日的清晨，室内点起沉香，去去暑湿气。天亮了，听，鸟雀对着屋檐叽叽喳喳的，在报告天晴呢。初升的太阳晒干了叶上的宿雨，夏风吹来，水面上伞盖般的荷叶都随风起舞！——一个“举”字，把荷叶摇曳生姿的动态写得多么传神！

大概是眼前的风荷，勾起了词人的乡思。身在长安作客，故乡显得那么遥不可及！家乡的渔郎还会想到我吗？驾着一叶轻舟，拨着小桨，轻轻划入五月的荷花荡里，这情景如今只有在梦里才能见到了……

词的意境是那么清新淡雅。“叶上初阳干宿雨，水面清圆，一一风荷举”的句子，更是为人称道。

《少年游》：填词似小说

周邦彦还试着把故事引到词中，例如这首《少年游》：

> 并刀如水，吴盐胜雪，纤手破新橙。锦幄初温，兽烟不断，相对坐调笙。　低声问：向谁行宿？城上已三更。马滑霜浓，不如休去，直是少人行。

这里描绘了男女幽会的情景。屋子里两人对坐，吃橙调笙。如水的并刀、似雪的吴盐，如同静物画。纤细的手指破开新鲜的橙子，这个动作给前面这幅静物画带来活跃的气息。锦帐温暖，炉香烟起，这是多么温柔舒适的环境。

下片完全是人物对话。女子想留住情人，低声问：今夜到哪儿去住？城楼上的更鼓已打过三通，霜又重，马又滑，路上行人稀少，还是别走的好……这是情人的低语，话里带着体贴和留恋。

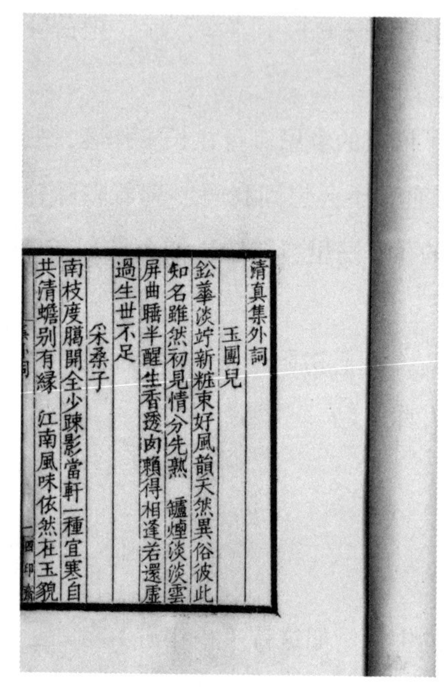
清真集外詞

玉團兒

鉛華淡竚新粧束好風韻天然異俗彼此知名雖然初見情分先熟　鑪煙淡淡雲屏曲睡半醒生香透肉賴得相逢若還虛過生世不足

采桑子

南枝度臈開全少疎影當軒一種宜寒自共清蟾別有緣　江南風味依然在玉貌

周邦彦《清真集外词》书影

关于这首词，背后还有个故事哩。相传周邦彦跟当时汴京名妓李师师来往密切。一次他正在李师师处，忽听徽宗皇帝驾到，一时手足无措，只好钻到床底下。徽宗拿出一颗江南进贡的新橙，跟李师师边吃边说闲话，周邦彦听着，便填了这首《少年游》。

这很可能是后人的附会。不过词中有人物，有情节，有对话，周邦彦这是把小说手法用到词里来啦。

周邦彦深通乐理。他跟大晟府的同事们整理古音古调，还创作了新乐，成为后人填词的规范。这一派词人也被称为“大晟词派”。南宋时的姜夔、吴文英便是这一词派的传人。

鬼头贺铸，剑吼西风

跟苏门弟子同时的，还有一位贺铸（1052—1125），他是宋太祖贺皇后的族孙。相传他生得相貌奇丑，脸色青黑，却有一股英气，人称“贺鬼头”。他性格直爽，豪侠仗义，就是当朝权贵，不中他的意，他也敢骂上一顿。起初他是个武官，后来经苏轼推荐，改为文职。但终因好喝酒，爱顶撞上司，一辈子没得到个好职位。

贺铸，人称“贺鬼头”

贺铸在诗上下的功夫最大。可是论成就，却要数词最高。他的《捣练子》五首，专写妇女思念边疆征人，这种题材在唐诗里常见，在宋词中却很难得。其中一首写道：

> 斜月下，北风前，万杵千砧捣欲穿。不为捣衣勤不睡，破除今夜夜如年。

这几句，还是从李白“长安一片月，万户捣衣声”的诗句中脱化来的。这位女子在月下风前捣呀捣的。她不是贪干活儿而不睡觉，实在要是找点儿事干，来打发这如年的长夜呀！

贺铸还有一首《青玉案》十分有名。那是写爱情的。词的结尾这样写道：“试问闲愁都几许？一川烟草，满城风絮，梅子黄时雨。”心上人难以见到，勾起词人闲愁万种，词人用满川迷蒙的芳草、满城飘飞的柳絮、南方梅子熟时连绵不断的“梅雨”来比喻闲愁的无边无际——因这有名的比喻，贺铸又多了一个雅号，叫“贺梅子”。

贺铸也有风格完全不同的词，像那首《六州歌头》：

少年侠气，交结五都雄。肝胆洞，毛发耸。立谈中，死生同，一诺千金重……笳鼓动，渔阳弄，思悲翁，不请长缨，系取天骄种，剑吼西风……

这首《六州歌头》词气豪壮，逼近苏轼。

“吟榻”上的陈师道

“爷爷，苏门弟子中的张耒和陈师道写过什么诗？”沛沛没忘记爷爷开头的介绍。

“张耒（1054—1114）也写诗，他的诗以平易舒坦见长。他主张作诗要‘满心而发，肆口而成’，不需要苦苦思索，也用不着刻意雕琢。这种崇尚自然的主张，跟江西诗派大不一样。

“作为苏门弟子，张耒的经历也很坎坷。他曾上表给皇帝说：我来到朝廷，常常是战战兢兢地刚站稳脚跟，一顿饭还没煮熟，就又得离开！——可他挺有气节，读读这首小诗《夜坐》：

庭户无人秋月明，夜霜欲落气先清。
梧桐真不甘衰谢，数叶迎风尚有声。

我们从这几声叶鸣中，能听出诗人那不甘衰谢的心声！

“陈师道（1053—1102）是苏门六君子之一。他虽然不是江西人，但诗学黄庭坚，所以也被归在江西诗派里，成为‘三宗’之一。黄庭坚学杜甫，陈师道也学杜甫，而且更用力。可是他只学了杜诗的格律、句法，却没能像杜甫那样深入生活。再加上他学问上‘本钱’不多，作起诗来难免‘拆东墙补西墙’的，表达上不如黄庭坚来得宽裕顺畅。——但也有佳作，像那首七律《春怀示邻里》，首联为‘断墙着雨蜗成字，老屋无僧燕作家’，你看，蜗牛从雨后的残壁上爬过，痕迹如字，寺庙因没有和尚，燕子都做了窝，都写得细腻真切。

“据说陈师道有个习惯，作诗喜欢安静。外出游览，有了好诗句，便赶紧回家躺在床上，蒙上被子，让家人把猫狗赶走、婴儿抱开，有时在床上一躺就是好几天——人们因此把他的床称作‘吟榻’。他有诗句说‘此生精力尽于诗’，他作诗是豁出命去的！

“江西诗派‘三宗’的另一位是陈与义（1090—1138）。陈与义作诗也学杜甫，听听这一联诗：‘孤臣白发三千丈，每岁烟花一万重。’(《伤春》) 是说自己忧劳国事，须发早白；隔着万重春花，惦念着远在江浙的朝廷……这样的句子放在杜诗里，也几乎能乱真。

“只是陈与义没受过苏轼的亲自教诲，因为苏轼去世时，他刚刚十岁。”

第31天

女词人李清照及『中兴』诗人

岳飞与胡铨：英雄一怒发冲冠

“苏轼死后二十六年，金人渡过黄河，攻进汴京。徽、钦二帝被金人掳走，关进北国的土窖里，北宋就这样完啦！与此同时，徽宗另一个儿子赵构跑到南方建立了偏安小朝廷，他就是南宋第一位皇帝——高宗。”

听爷爷这么说，沛沛突然想起什么似的，问：“岳飞就是高宗指使秦桧杀害的吧？”

“就是。高宗和秦桧一心苟安求和，岳飞却是主战派，自然成了他们的眼中钉、肉中刺啦！当岳飞率领岳家军打到朱仙镇时，朝廷连发十二道金字牌，十万火急地把他召回，又以‘莫须有’的罪名，把他杀害在风波亭里。——相传审问官在拷打岳飞时，发现他脊背上刺着‘尽忠报国’四个大字，一问才知，那是岳飞的母亲亲自为他刺上的。审问官见了，感动落泪，竟辞官而去！

“岳飞（1103—1142）是带兵打仗的将军，然而他文武双全，词写得也很棒。听听这首著名的《满江红》：

怒发冲冠，凭栏处，潇潇雨歇。抬望眼，仰天长啸，

> 壮怀激烈。三十功名尘与土，八千里路云和月，莫等闲、白了少年头，空悲切。　　靖康耻，犹未雪，臣子恨，何时灭。驾长车，踏破贺兰山缺。壮志饥餐胡虏肉，笑谈渴饮匈奴血。待从头、收拾旧山河，朝天阙。

岳飞填词时只有三十几岁，但已转战千里、身经百战。他并没把个人功名看在眼里，一心要‘驾长车，踏破贺兰山缺’，洗雪靖康之耻，救回被掳的皇帝。——这正是当时广大百姓的心愿。

“岳飞死后二十年，冤情得以昭雪，遗体被安葬在杭州西湖边，立庙祭祀，香火旺盛。人们痛恨迫害岳飞的奸臣秦桧、万俟卨（Mòqí Xiè）、张俊及秦妻王氏，铸了四人的铁像跪于墓前，供万人唾骂！

“除了武将，文臣中也有态度坚决的主战派。有个文官胡铨

岳飞凭栏（墨浪绘）

（1102—1180），中过进士，后来做到枢密院编修官。绍兴八年（1138），秦桧派王伦出使金国，向金人屈膝求和。胡铨不顾秦桧权高位重，毅然上书反对——这就是有名的《戊午上高宗封事》。

“奏章一开始，锋芒就直指秦桧的爪牙王伦，说‘王伦本一狎（xiá）邪小人，市井无赖，顷缘宰相无识，遂举以使虏。专务诈诞，欺罔天听，骤得美官，天下之人切齿唾骂。……’（这是说，王伦本是个放浪小人、市井无赖，不久前因宰相秦桧不能辨人，推荐他出使敌国。此人一味诡诈，欺骗皇上，一步登天当上高官，普天下人无不咬牙痛骂。）

“以下胡铨分析天下大势，要高宗别信金人的鬼话，千万不能向金人屈膝称臣，并说‘不斩王伦，国之存亡未可知也’。文章说到痛切处，对权倾当朝的秦桧也做了直接抨击，并捎带痛责依附秦桧的副相孙近。结论则是：‘臣窃谓秦桧、孙近亦可斩也！’

“奏章最后一段气势最盛：

> 臣备员枢属，义不与桧等共戴天，区区之心，愿断三人头，竿之藁（gǎo）街。然后羁留虏使，责以无礼，徐兴问罪之师，则三军之士，不战而气自倍。不然，臣有赴东海而死耳，宁能处小朝廷求活邪！

这最后一句，连皇帝都捎上了！——文章理直气盛、大义凛然，令主战派大受鼓舞。百姓也把它印成传单，到处散发张贴。连金人间谍也不惜千金，重价求购。

“当然，秦桧是不会饶过他的。在秦桧活着的时候，胡铨被一贬再贬。秦桧死后，他才回到朝廷，但终因跟主和派搞不来而弃官还乡。——其实高宗也赞赏他忠义敢言，曾将这篇《封事》传给孝宗，要他装裱收藏，说是‘留为后代式（式：榜样）’。”

李清照：金石聚散感人生

受苏轼影响的文人中，还有李格非（约1045—约1105），他的散文写得很好，写过一篇《洛阳名园记》，专门记述洛阳有名的私家花园，目的是要劝诫那些达官贵人，不要贪图个人享乐而忘记国家，不然，再好的花园也保不住。

不过这里要说的，是李格非的女儿李清照（1084—约1155）。李清照自号易安居士，济南（今山东济南）人。她从小生长在富于文学氛围的家庭里，自然而然地爱上了文学。

十八岁时，李清照嫁给了太学生赵明诚，两人生活清苦，但都喜欢读书。每逢赵明诚放假，便把当时不穿的衣服典当了，得了半贯钱，到相国寺买些书籍、碑文拓片及果子，回来边吃果子边欣赏拓片。

以后赵明诚做了官，官俸全部用来买文物，越积越多，书籍、字画、钟鼎、笔墨，足足装了十几间屋子。两人的娱乐方式很有意思，饭后沏了茶，到书房中指着书堆赌赛，问某件事记载在哪本书第几卷第几页第几行，谁说对了就先饮茶。结果胜者往往举杯大笑，茶水泼到怀里，反倒喝不成！

本以为这样的开心日子永无尽头，谁知风云骤变，传来了金人入侵的消息。赵明诚接到新的任命，前去赴任。李清照把文物挑了又挑，大件的只好忍痛割爱，收拾了十五车最珍贵的，独自踏上逃难的路途。不久，传来赵明诚病死的消息。李清照独自一人押着文物东奔西走，文物被骗被偷、丢失损毁，最后剩下不到十之一二！

赵明诚在世时，曾记录所收集的文物，编写了三十卷《金石录》。他死后多年，李清照重读《金石录》，感慨万分，写了一篇《金石录后序》，记叙夫妻两个早年的生活志趣，以及诸多文物从收集到失散的经过原委。睹物思人，写得哀婉凄切，催人泪下——乱离人不如太平犬！这就是《后序》一文给人们留下的印象！

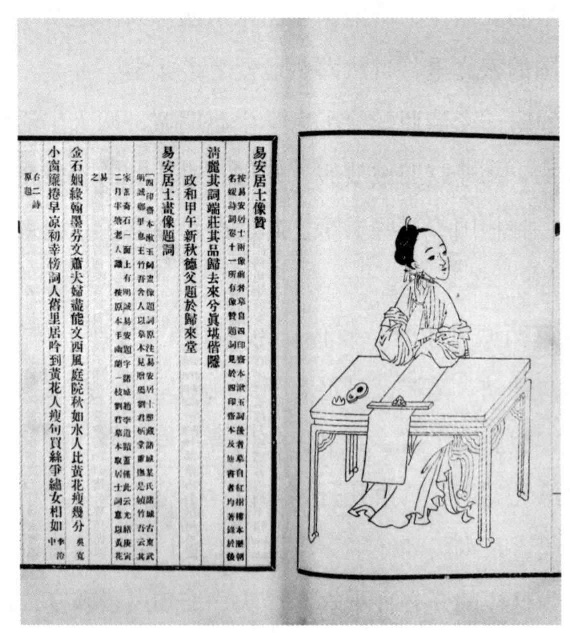

易安居士像贊

清麗其詞端莊其品歸去來兮眞堪偕隱

政和甲午新秋德父題於歸來堂

易安居士畫像題詞

金石姻緣翰墨芬文蕭夫婦盡能文西風庭院秋如水人比黃花瘦幾分 吳寬

小窗濃捲早涼初幸傍詞人舊里居吟到黃花人瘦句買絲爭繡女相如

李清照《漱玉集》书影

爱说“肥”“瘦”的易安词

李清照的词喜用白描，用典不多。一些小词自然活泼，还糅入口语。像这首《如梦令》：

> 昨夜雨疏风骤，浓睡不消残酒。试问卷帘人，却道“海棠依旧”。“知否？知否？应是绿肥红瘦！”

这首词让人想起孟浩然的“夜来风雨声，花落知多少”，可李清照却用另一种形式来表达。——昨晚的酒，经一夜“浓睡”，还没完全醒透。只记得夜间听到风雨声，不用看就知道，花被吹落不少。可侍女却没有那么敏锐的观察力，她说：海棠还是老样子！女主人纠正说：你知道吗，那应当是“绿肥红瘦”啊！

李清照的词常常写到酒，像另一首《如梦令》，写的是酒醉后迷失归路的往事：

> 常记溪亭日暮，沉醉不知归路。兴尽晚回舟，误入藕花深处。争渡，争渡，惊起一滩鸥鹭。

溪亭醉酒，黄昏时划着小船归去，却误入荷花荡里。怎么出去呢？东撞西撞的，惊动溪滩的鸥鹭，扑啦啦地飞起来。你看，整首词都那么生气勃勃的。

李清照填词，喜欢用“肥”“瘦”等字样。有一首《醉花阴》，写重阳节的感受。结尾三句是：“莫道不消魂，帘卷西风，人比黄花瘦。”据说丈夫赵明诚看到了，赞叹不已，又不大服气。他闭门谢客，废寝忘食，花了三天的时间，赶写了五十首词，把李清照的这首《醉花阴》也夹在里面，拿给朋友看。朋友玩味再三，说：这里有三句写得最好！赵明诚忙问哪三句，对方回答：“莫道不消魂，帘卷西风，人比黄花瘦！”

还有一首《一剪梅》，是写离愁的：

红藕香残玉簟秋，轻解罗裳，独上兰舟。云中谁寄锦书来？雁字回时，月满西楼。　　花自飘零水自流，一种相思，两处闲愁。此情无计可消除，才下眉头，却上心头。

这首小词，应是写给外出做官的丈夫的。前面写秋景，写离愁，似乎并无出色处。唯独结尾的“才下眉头，却上心头”，却只有李清照写得出。

济南李清照纪念堂

晚景凄凉：怎一个愁字了得

战乱使李清照失去丈夫，失掉家园和财产，晚景凄凉。她的词也充满悲凉情调。有一首《声声慢》这样写道：

> 寻寻觅觅、冷冷清清、凄凄惨惨戚戚。乍暖还寒时候，最难将息。三杯两盏淡酒，怎敌他、晚来风急？雁过也，最伤心，却是旧时相识。　满地黄花堆积，憔悴损，如今有谁堪摘？守着窗儿，独自怎生得黑？梧桐更兼细雨，到黄昏、点点滴滴。这次第，怎一个愁字了得？

开头三句，一连用了七组叠字，烘托出清冷凄惨、寂寞孤独的心境。在这之前，还很少有人这么运用叠字呢。——词人在寻觅什么？她失去的实在太多了：亲人的慰藉，家庭的温暖，往日的好时光……有哪一样是找得回来的？在这冷暖不定的秋日，喝上三杯两盏淡酒，却挡不住寒、浇不得愁。天上雁过，那还是从前的大雁，可世事全都变了，托它捎信，又捎给谁呢？

菊花落了一地，枝上已经没一朵可摘。孤零零独自一个，怎么才能挨到天黑呀！小雨一直下到黄昏，打在梧桐叶上，点点滴滴的。这种光景，单用一个愁字，又怎么能概括得了呢？

李清照是公认的“婉约派”正宗词人。她不光作词，还有一套作词的理论呢！她的那篇《词论》，回顾了词的发展史，对历代词人也都作了褒贬。例如她说柳永的语言太俗，晏殊、欧阳修、苏轼的词不过是句子有长有短的诗罢了，都不大合音律，秦

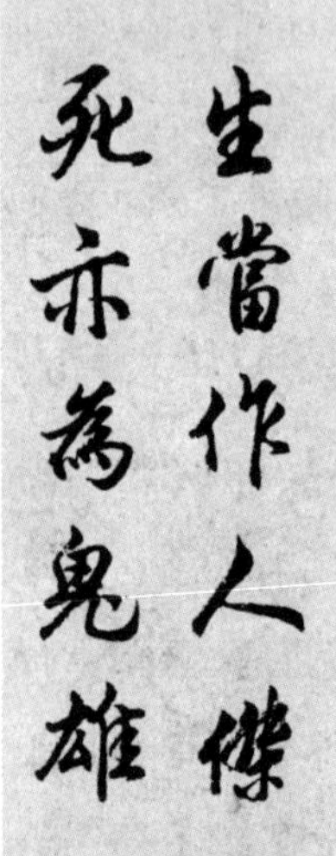

李清照诗句

观的词像个贫家丫头，王安石、曾巩的词更令人“绝倒”……总之，词“别是一家”，音律上要求严格，不是谁都能写的！

李清照的《词论》，只代表了一派人的意见。可是一位女性敢于褒贬前代大家，足以说明她的自信和骄傲！

李清照也写过不少诗。有一首五绝，是南渡以后所作：

生当作人杰，死亦为鬼雄。
至今思项羽，不肯过江东。
（《夏日绝句》）

当年楚霸王项羽败在刘邦手下，不肯逃回江东，就在乌江自刎而死。李清照在诗中歌颂这位宁死不逃的英雄，正是讽刺南宋朝廷偏安江南的苟且行径！

同是婉约派的词人，有人说秦观词里有女人气，而李清照的诗中却带着丈夫气，这真是挺有趣的事。

自创一体的杨万里

北宋灭亡前后的一两年间，可巧有四位诗人诞生。他们是陆游、杨万里、范成大和尤袤（mào），被人称为“中兴四大诗人”——“中兴”是指南宋从北宋的覆亡中振作兴盛。

这四位诗人差不多没吃过北宋的饭，是名副其实的南宋诗人。其中陆游名气最大、成就最高，我们明天要做专门介绍。尤袤呢，诗和文都很平常，似乎够不上大诗人的格。杨万里、范成大则各有特色。

杨万里

杨万里（1127—1206）的诗自成一体，世称“诚斋体”。他中过进士，一生做官廉洁正直，也曾得罪皇上。高宗说他“有性气”（性子不好），孝宗说他“直不中律”（过于耿直，不合中庸之道），他却说：有两位圣君的评价，哪里还用什么“千秋史笔”！

晚年，他因坚持正确意见而得罪宰相，隐居乡里十五年。临终前，他要来纸笔，写道：“奸臣专权，谋危社稷。我头颅如许，报国无路，惟有孤愤！”抛笔而逝。

杨万里作诗初学江西诗派，后学王安石，转而学晚唐诗人。但学来学去，总不顺手。有一天，他突然明白了：学古人是没有出路的！于是他把以前所作的上千首诗统统烧掉，开始了无拘无束自由自在的创作。

他来到花园，走进田野，或爬上城头，摘花采药，攀竹折柳，只觉得万物万象都在朝他招手呢。他把看到的景物随意写进诗里，作诗居然成了挺容易挺有趣儿的事。像这首《闲居初夏午睡起》：

梅子留酸软齿牙，芭蕉分绿与窗纱。
日长睡起无情思，闲看儿童捉柳花。

午睡醒来，梅子的酸劲儿还留在牙齿间，牙根也软软的。日光照在芭蕉上，又把绿色映上窗纱。夏日昼长，午睡起来，没情没绪的，什么也不做，只是懒懒地看着小朋友在逮飘飞的柳花。

眼前景、身边事，经诗人一描摹，还蛮有诗意。像是信笔写来，可是一个“留”字、一个“分”字，用得多巧，那一定也是经过推敲得来的。

还有一首《小池》，也是信手拈来的园林小景：

泉眼无声惜细流，树阴照水爱晴柔。
小荷才露尖尖角，早有蜻蜓立上头。

夏日浓荫下，清泉静静地淌入池塘。池中的荷叶打着卷，将舒未舒的。一只蜻蜓，正在那尖尖的叶卷上歇脚……这多像是一幅画，静谧中蕴含着灵动。

杨万里的诗也有写湖山风景的，像这首《晓出净慈寺送林子方》：

毕竟西湖六月中，风光不与四时同。
接天莲叶无穷碧，映日荷花别样红。

杭州是个风景秀丽的地方，净慈寺就在西湖岸边。在一个六月的

接天莲叶无穷碧，映日荷花别样红

清晨，诗人出净慈寺送别友人，见到初日照耀的西湖分外娇美，于是脱口吟成这首绝句。诗的后两句尤为著名：那满湖的荷叶无边无际，简直要绿到天上去了；荷花映着晓日，红得那么不一般。“无穷碧”“别样红”，这些字眼儿用得多妙！

堂堂溪水出前村

自然景物给人带来美感，可有时也会带来别的感受。有一年，杨万里奉命去接金国使者。船到淮河，他的心情变得沉重了：

船离洪泽岸头沙，人到淮河意不佳。
何必桑乾方是远，中流以北即天涯！
（《初入淮河四绝句》之一）

淮河本来流经中国腹地，可是宋金对峙以来，它竟成了两国的分界线。所以诗人说：遥远的边塞何必到桑乾河去找呢？如今这淮河以北，就是以前远在天涯的国界啊！——事实如此冷酷，难怪诗人情绪低沉！

杨万里笔下还有一些深含哲理的诗，像这首《桂源铺》：

万山不许一溪奔，拦得溪声日夜喧。
到得前头山脚尽，堂堂溪水出前村。

杨万里讲的是自然现象，用的却是拟人手法。其实社会的发展规律又何尝不是如此？统治者倒行逆施，总是试图阻挡时代潮流，徒然激起“溪水日夜喧”，可“堂堂溪水出前村”的大势，又怎么能拦得住？

杨万里一生写过两万首诗。他扭转了江西诗派那一味模仿的坏作风，只用明白生动的语言，描画自己眼中见到的自然景色。他说自己作诗用的是“活法”，既不破坏诗的规矩，又能灵活机动、变化莫测。他开创了一种新鲜活泼的诗体——“诚斋体”，足能在文学史上描上一笔！

范成大：宰臣也吟田园诗

范成大（1126—1193）的诗跟杨万里又不同。杨万里喜欢写大自然，范成大却多写人事。范成大出生在书香门第，自幼书读得很多。可十六七岁时，爹娘就下世了。他好不容易料理两个妹妹出嫁，这才重拾学业。中进士时，已年近三十。

范成大的仕途比较平稳，曾做到参知政事，相当于副相。他为人耿直，一次皇帝要重用奸臣，他竟拒绝为皇帝起草诏书，惹得皇帝很不高兴。

范成大还曾作为南宋的特使，去跟金人谈判。由于他沉着应付，见机行事，维护了朝廷的面子。这次出使，他还写了一卷日记《揽辔录》以及七十二首纪事诗。其中一首记述了诗人在汴梁时的见闻：

州桥南北是天街，父老年年等驾回。
忍泪失声询使者："几时真有六军来？"（《州桥》）

金人占据中原后，北方的父老年年盼着宋军光复失地。使者在从前的皇宫前遇见宋朝遗民，他们含泪询问：大宋军队几时真的能打回来？一个"真"字，把父老们一次次盼望又一回回失望的悲酸都包含在内了。诗人在《揽辔录》中也记述了类似场面，说北方百姓指着宋使说："此中华佛国人也。"不少人还当街跪拜。

范成大晚年多病，五十八岁以后隐居石湖，在那儿建了一座石湖别墅，自号石湖居士。他往来乡间，对乡下的景物及农家的风土人情十分熟悉。这一时期，他作了六十首七言绝句，起个总名儿叫《四时田园杂兴》。且看这一首：

蝴蝶双双入菜花，日长无客到田家。
鸡飞过篱犬吠窦，知有行商来卖茶。

诗中以动写静：蝴蝶翩翩飞到菜花地里，鸡在飞，狗在叫，好不热闹。可是这一切正是为了衬托“日长无客到田家”的寂静。春天来了，大家都去忙地里的活计，村子里静悄悄的。偶尔有走乡串户的行商来卖茶，鸡呀狗呀当然要起劲地闹一通啦！

当然，诗人看到的，不光是一幅幅“田家乐”，农民的艰辛，也时时映入他的眼帘。同是《四时田园杂兴》中，还有这样的诗篇：

> 垂成穑事苦艰难，忌雨嫌风更怯寒。
> 笺诉天公休掠剩，半偿私债半输官。

庄稼将要成熟的时候最难伺候，又怕风雨，又怕寒流。求求老天爷别把剩余的这点儿再夺走吧，农家还要靠着它还私债、交官租呢！

范成大祠

古来写田园诗的不少，有些人呢，不过是吃腻了大鱼大肉，来点儿蔬菜野味，换换口味。而范成大的《四时田园杂兴》六十首，却是全面描绘了田家生活。不但写了田家的欣喜欢笑，也写了田家的苦恼和悲哀，一些诗甚至直接指斥官府及恶吏。范成大是田园诗的集大成者，后人提到田园诗，常拿他跟陶渊明相提并论。

张孝祥自比苏东坡

“前头咱们说到两位爱国作者：岳飞和胡铨。另外还有一位爱国词人张孝祥也很有名，不过他比那二位晚了整整一代人。

“张孝祥（1132—1170）号于湖居士，他才华横溢，二十三岁中状元，压过秦桧的孙子秦埙，同科中进士的还有范成大、杨万里等。张孝祥为人正直，曾上书为岳飞鸣冤，并积极主张抗金，因此得罪秦桧，还连累父亲受到迫害，秦桧死后才得以昭雪。

“张孝祥才情很高，填词从不打底稿，兴致一来，挥笔立就。他的一些词作显示了浓烈的爱国思想。

“如一首《六州歌头》的结尾几句这样写道：‘……闻道中原遗老，常南望、翠葆霓旌。使行人到此，忠愤气填膺（yīng），有泪如倾。’（翠葆霓旌：翠羽装饰的车盖，霓虹

张孝祥塑像

似的彩旗。这都是帝王仪仗，用以指代王师。行人：指南宋使者。填膺：满怀。膺，胸。）相传这是在一次宴会上作的，当时统领江淮兵马的大将张浚听了，难受得酒也喝不下去，中途就退席而去。

“更有名的是那首写景兼抒情的《念奴娇·过洞庭》：

> 洞庭青草，近中秋、更无一点风色。玉鉴琼田三万顷，着我扁舟一叶。素月分辉，明河共影，表里俱澄澈。悠然心会，妙处难与君说。　应念岭表经年，孤光自照，肝胆皆冰雪。短发萧骚襟袖冷，稳泛沧溟空阔。尽挹西江，细斟北斗，万象为宾客。扣舷独啸，不知今夕何夕！

词人乘船行驶在一个光明澄澈的水晶世界里，人的肝胆也冰清玉洁，变得透明。在这广阔的天地间，词人想象要汲尽西江的水当酒，拿北斗七星做舀酒的勺子，请天上的星辰来做客，这是多么豪迈的心胸！

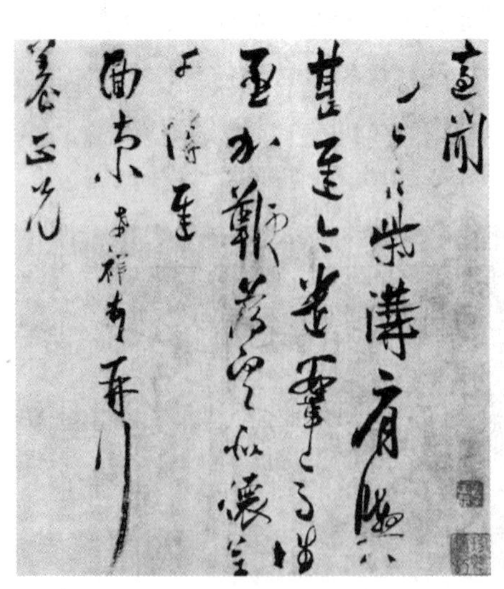

张孝祥墨迹

“难怪张孝祥常问别人：我的词跟东坡比怎么样？——说起来，在南宋词人里头，张孝祥的词风跟苏轼最接近。可惜他三十八岁去世，死得太早！”